재의 마녀 일레이나

마법사 최고위
「마녀」인 재원.
견문을 넓히기 위해
온 세상을 떠돌아다닌다.

수수료는
듬뿍 받겠지만요
I will charge a lot of fees.

호텔 종업원

호텔 프런트에서 일한다.
신입 교육을 담당하고 있다.

? ? ?

수수께끼 많은 신기한 생물.
일레이나의 여행에 동행한다.

플로렌스

시골 마을에 사는 여성.
친절하고 온화한 성격.

나나마

자칭「마물 요리사」
희귀한 식재료를 찾아
여행하고 있다.

그것은 오랜 옛날 일.
제가 스승님께 「별무리의 마녀」라는
이름을 받은 후——
즉, 별무리의 마녀 프랑으로서
혼자 여행하던 때의 이야기입니다.

어머나……
이건 뭔가요?

마녀의 여행 20
THE JOURNEY OF ELAINA

CONTENTS

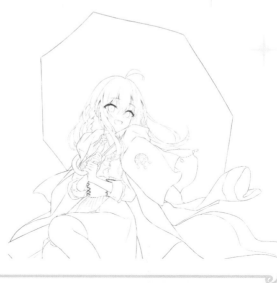

마녀의 여행

THE JOURNEY OF ELAINA

20

Shiraishi Jougi

시라이시 죠우기

Illustration

아즈루

커버 및 본문 일러스트 아즈루

하얗고 둥글.

숲의 오솔길에서 보이는 푸른 하늘에 떠가는 구름은 마치 아이스크림.

그러고 보니 한동안 못 먹었던 것 같네요── 하늘을 나는 빗자루를 조작해 나무들이 정렬한 길 가운데를 따라가면서 마녀는 멍하니 생각했습니다.

검은 로브에 삼각 모자. 부드럽게 늘어뜨린 머리카락은 잿빛. 유리색 눈동자는 하늘을 향해 있었습니다.

그녀는 마녀이자, 여행자였습니다.

여행자란 세계를 오가며 여행하는 사람.

한 장소에 오래 머무르지 않고, 세계를 떠도는 그녀가 걸어가는 길은 언제나 위험과 함께합니다.

그런 연유로 로브에는 마법사 중에서도 최고위라는 것을 의미하는 마녀의 증거── 별을 본뜬 브로치를 달고 있습니다.

"배가 고프네요……."

숲의 나무들이 바람에 사락사락 흔들리는 가운데 언뜻 멍하니 빗자루를 몰고 있을 뿐인 듯 보이지만, 그러나 이러한 상황에서도 그녀는 늘 주변 상황에 주의를 기울이고 있었습니다.

오히려 주의하고 있기에 멍해 보인다고도 말할 수 있을 테지요.

그녀 같은 실력이 뛰어난 여행자(무엇을 근거로 실력이 뛰어나다 하는지는 제쳐두고)쯤 되면, 신변에 닥칠 수 있는 온갖 위험을 사전에 배제하고 언제나 안전한 여로를 선택할 수 있습니다.

그렇기에 그녀의 여로는 언제나 평화로웠고, 마물과 마주치는 일 같은 건 없었습니다. 마주치기 전에 발자국과 냄새로 위험을 감지하고, 맞닥뜨리는 상황을 방지하기 때문입니다.

그야말로 뛰어난 실력자라는 이름에 걸맞은 멋진 마녀. 그녀는 대체 누구일까요?

그렇습니다. 저입니다.

"……훗."

그리고 저는 빗자루를 우뚝 멈추었습니다.

마물과 마주쳤기 때문입니다.

깨닫고 보니 코앞에서 거대한 뱀이 이쪽으로 고개를 돌리고 가만히 눈을 크게 뜨고 있었습니다.

하늘을 올려다보며 "다음 나라에 도착하면 아이스크림을 살까" 하고 칠칠치 못한 표정을 짓고 있는 사이에 마물을 향해 어슬렁어슬렁 다가가고 말았나 봅니다.

입을 벌리면 저 같은 인간 따위는 한입에 꿀꺽 삼켜버릴 수 있을 만큼 커다란 뱀 마물이었습니다.

다행히 상대는 아직 이쪽을 노려보고 있을 뿐. 덤벼들 기색은 없었습니다.

그렇다면, 하고 저는 조용히 지팡이를 들었습니다.

"…………."

그리고 침묵하며 천천히 마력을 실었습니다.

조금이라도 움직이면 마법을 날려 쫓아내기로 하죠. 의사소통을 시도할 수 없는 마물과 상대할 때의 대처법으로서는 가장 적절한 수단입니다.

"잠깐! 성급하게 굴지 마! 마법을 쏘는 건 그만둬!"

그래서 저는 뱀 마물이 갑자기 말을 걸어온 것에 놀라움을 감출 수 없었습니다.

어라? 말할 수 있는 건가요?

"과연, 의사소통이 가능한 타입의 마물이었나요……."

그렇다면 무리하게 공격할 필요는 없을지도 모릅니다.

"아니, 나는 마물이 아니야."

과연, 자신은 마물이 아니라고 생각하는 타입의 마물이었나요…….

종종 있죠. 그런 경우가.

"이런 데서 뭘 하는 겁니까?"

경우에 따라서는 경계를 풀어도 괜찮을지 모릅니다.

"지금부터 식사를 하려던 참이야."

"! 저를 먹을 셈인 겁니까?!"

되려 경계를 강화하는 저. 방심시켜 놓고 덮칠 셈이로군요. 이얼마나 비열한 마물인가요.

"잠깐 잠깐! 아니야. 뭔가 착각하고 있는 것 같은데, 내가 먹고 싶은 건 네놈이 아니라고."

"인간을 먹고 싶을 뿐 상대는 제가 아니어도 상관없다…… 그런 거로군요?"

"애초에 내가 동족인 인간을 먹을 리 없다만."

"자신을 인간이라고 믿는 타입의 마물이었나요……."

종종 있죠. 그런 경우가.

"너, 뭔가 착각하고 있는 거 아냐?"

우물우물하고 커다란 뱀의 입이 꿈틀거립니다. 이런, 뭡니까? 저를 먹을 셈입니까? 그런 생각을 하면서 지팡이를 드는 저.

입안에서 인간이 주르륵 나왔습니다.

"보다시피, 나는 마물이 아니야."

머리카락은 갈색, 머리 뒤에서 하나로 동그랗게 말아 올렸습니다. 눈동자는 녹색. 심플한 천으로 된 옷을 걸쳤고, 검정 바지와 롱부츠를 착용했습니다.

적의는 없습니다 하고 말하듯이 들어 올린 양손에는 각기 나이프와 거대한 뱀의 혀가 쥐여 있었습니다.

예상외의 전개에 입을 떡하니 벌린 채 굳어진 저.

"내 이름은 나나마."

그녀는 자신을, 마물 요리사라고 소개했습니다.

○

"아니, 마물 요리사라니 그게 뭔가요?"

빗자루에서 내린 후에 냉정을 되찾고 저는 고개를 갸웃거렸습니다. 마물 요리사? 대체 뭐죠?

"흐흥! 너는 무지하구나."

콧바람을 내며 그녀는 나이프를 휘둘러 거대한 뱀의 살을 발라 냈습니다.

"알겠어? 마녀."

"일레이나입니다."

그러고 보니 제 소개를 아직 하지 않았군요.

"재의 마녀, 일레이나입니다."

다시 한번 이름을 밝히는 저.

나나마 씨는 제게 고개를 끄덕이고, 그리고 매우 진지한 표정을 하고서 말했습니다.

"알겠어? 일레이나. 마물은 맛있어."

"아니, 맛있다고 하신들……."

평범한 고기도 맛있는데요?

"그래서 나는 최고의 진미를 찾아 여행을 하고 있어. 이 왕뱀도 여행 도중에 마주친 거야."

"당신이 쓰러뜨린 겁니까?"

"뭐, 그렇지."

말하길 그녀는 이 길 너머에 있는 나라를 향해 가는 중이고, 그러다 길 한복판에서 왕뱀을 발견하고 신이 나서 "와아! 맛있겠다"하고 환성을 지르면서 처리한 끝에 입안으로 다이브했다고 합니다. 과연, 저와는 다른 세상에서 사는 분인가 봅니다.

"그나저나 너도 이 길을 따라가고 있다는 건, 이 앞에 있는 나라를 향해 가는 중인 건가?"

"……뭐, 그렇습니다만."

"나랑 같네. 후훗……."

발라낸 살을 황홀한 시선으로 바라보면서 그녀는 말했습니다.

왠지 싫어…….

"목적지가 같다면 나를 빗자루에 태워주지 않겠어?"

"어째서죠?"

"고기는 신선도가 생명이야."

그런 제안을 한 그녀는 왕뱀의 입안에 들어갔다 나온 직후이고, 더 말하자면 지금도 거대한 뱀의 몸을 해체하는 중으로, 훌륭할 정도로 온몸이 피와 분비물로 더러웠습니다. 질척질척 끈적끈적합니다. 그런 그녀를 빗자루에 태운다, 고요?

"그……."

왠지, 싫어…….

그렇게 제가 알기 쉽게 얼굴을 찌푸린 순간, 꼬르륵하고 배에서 소리가 났습니다.

아마도 제 몸이 "이런 데서 쓸데없는 소리 하지 말고 어서 다음 나라로 가주세요" 하고 불평하고 있는 것일 테지요.

"배고픈 거면 내가 맛있는 음식을 먹게 해줄까?"

여행하는 요리사를 자처하는 만큼, 그녀는 요리 실력에는 자신이 있나 봅니다.

과거 어느 나라의 유명 레스토랑에서 셰프로 일한 경험도 있다며, "내가 한 음식을 먹고 맛없다고 한 녀석은 없다"고, 피 묻은 나이프를 닦으면서 말했습니다.

"맛없다고 한 녀석은 전부 없애버렸거든……."

엄청나게 위험한 인물이잖아요.

"어쩐지 빗자루에 태우기 싫어졌습니다만."

"아무리 그래도 없애버렸다는 건 농담이지만, 내 요리는 맛있다고. 어때? 먹어보고 싶지 않아?"

솔직하게 말씀드리자면, 궁금합니다.

여행하는 요리사라면 아마도 지금까지 여러 나라에서 식사를 해온 경험이 있을 터이고, 아마도 맛있는 요리도 여러 가지 알고 있을 터이며, 그녀 자신에게도 그 노하우는 축적되어 있을 가능성이 클 터. 요컨대 아주 맛있을 거라는 기대를 해도 좋다는 뜻입니다.

그러나 마물을 이용한 요리에는 현재 그다지 흥미가 생기지 않는지라.

"마물 이외의 요리 같은 것도 가능하십니까?"

저는 그렇게 물었습니다.

"뭐……."

그녀는 어깨를 늘어뜨리며 저를 바라보았습니다.

"할 수는 있는데……."

별로 재미없거든……이라고 말하고 싶은 듯한 얼굴이었습니다.

"그리고 제 빗자루가 당신을 태우기 싫어하는지라, 주변에 있는 가지에 타주시겠어요? 제가 마법으로 띄울 테니까."

"뭐……."

그녀는 잠시 싫은 표정을 지었지만, 결국 고기의 신선도 쪽이 더 중요했는지 "할 수 없지……" 하고 떨떠름하게 제 제안을 받아들여 주었습니다.

　이리하여 저희는 가까운 나라를 향해 함께 숲을 나아가게 되었
던 것입니다.

　빗자루를 조종하는 저.

　그 뒤로, 나뭇가지 여러 개를 나란히 띄웠을 뿐인 초 간이 의자
에 앉아 있는 나나마 씨.

　목적지인 나라에 도착할 때까지 딱히 할 일도 없었던 저희는 잠
시 서로의 신상 이야기를 나누게 되었습니다.

　아까 슬쩍 언급했던 대로, 그녀는 과거에 한 나라의 유명 레스
토랑에서 일하는 셰프였다고 합니다. 당시엔 매일같이 손님을 위
해 요리 실력을 발휘하는 날들을 보냈다고 합니다.

　어릴 때부터 요리 연구를 좋아했던 그녀는 다양한 장르의 요리
에 도전했고, 그 길을 갈고닦아 나갔습니다.

　손님의 취향에 맞춰 온갖 요리를 대접할 수 있게 된 그녀는 사
람들에게 좋은 평가를 받았고, 가게 대표 자리에까지 오르게 되
었습니다. 그야말로 순풍에 돛 단 격. 그러던 어느 날의 일이었습
니다.

　"뭔가 질렸어."

　질렸습니다.

　평범한 음식을 만드는 일에 더는 자극을 느끼지 못하게 되었다
고 합니다. 본 적도 없는 식재료로 아무도 먹어본 적 없는 음식을
만들고 싶다── 이미 그녀의 욕구는 레스토랑 하나로는 다 담을

수 없을 정도가 되어 있었습니다.

그리고 새로운 식재료를 찾아서 나라 밖을 정처 없이 떠돌던 그녀는, 만났던 것입니다.

『크르르르르르──!』

마물을.

"……!"

아니, 마물 요리를.

그녀의 눈앞을 가로막고 선 것은 거대한 멧돼지 형태의 마물이었습니다. 아주 맛있어 보이는 육체를 가졌었다고 그녀는 말했습니다.

그리고 그녀에게 덤벼드는 마물. 나나마 씨는 우연히 가지고 있던 식칼(어째서 그런 걸 가지고 다니는 겁니까? 역시 위험인물이잖아요……)로 응전했고, 마물을 쓰러뜨렸습니다.

쓰러뜨린 직후에 고기를 손질했습니다.

마물 고기는 상상한 대로 아주 이상적인 색감과 육질이었습니다. 그녀는 우선 손으로 만지고, 혀로 느끼고, 냄새를 맡았습니다.

"스ㅇㅇㅇㅇㅇㅇㅇㅇㅇㅇㅇㅇㅇㅇㅇㅇㅇㅇㅇ읍……!"

잘은 모르겠지만 자신만의 고집이 있는 그녀는 먼저 식재료를 오감으로 느끼고서 조리법을 상상한다고 합니다.

"하아아아아아아아……! 좋아! 이건 아주 좋아! 최고야!"

참고로 식재료로 망상을 키워갈 때의 그녀는 모든 감각을 집중한 상태로, 주변 소리나 목소리가 전혀 들리지 않게 된다고 합니다. 어찌 되든 상관없는 정보에 저는 정색했습니다.

아무튼 그녀는 고기를 들고 돌아가 요리했습니다.

레스토랑에서 선보이니, 이게 또 대인기. 그녀의 요리는 순식간에 나라에서 유명해졌습니다. 요식업계에 새로운 파문을 일으켰다고 말해도 과언이 아니었습니다. 연일 그녀의 가게에는 긴 줄이 생겼고, 그리고 그녀는 나라를 대표하는 요리사가 되었습니다. 그러던 어느 날의 일입니다.

"뭔가 질렸어."

또 질렸습니다.

애초에 한 나라에 계속 머무르는 것 자체가 그녀에게는 지루한 일이었는지도 모릅니다. 이미 그녀의 머릿속은 전 세계의 마물로 가득했습니다.

온갖 마물과 만나, 먹고 싶다.

욕망에 충실한 그녀는 곧장 가게를 그만두고 나라를 떠났습니다.

그럼 여기서 그녀가 지금까지 여행해온 궤적을 살펴보기로 하죠.

한 나라에 도착한 그녀.

문을 통과한 곳에서 나라 사람들이 어두운 얼굴을 하고 모여 있었습니다. 대체 무슨 일이 있었던 걸까요?

"실은 거대한 거미가 우리나라 주변에서 사람을 습격하고 있어."

과연, 나라 사람들의 고민을 듣고서 그녀는 고개를 끄덕였습니다.

그리고 물었습니다.

"그놈은 맛있나?"

"뭐?"

그리고 곧바로 거대 거미의 둥지에 잠입. 그 후 어찌 되었는지를 물어보니 "게 같은 맛이었어"라는 답이 돌아왔습니다.

그 후에도 계속해서 여행하는 그녀.

"크읏……! 대체 어째서지? 알을 훔쳐 가지 않는 한은 얌전하기로 유명한 거북이 같은 생김새의 마물이 날뛰고 있어……!"

거북이 같은 생김새의 마물에 습격당한 모험가와 만났습니다.

그녀는 눈을 빛내면서 모험가의 어깨에 손을 올렸습니다.

"제법 맛있었어!"

"뭐?"

그 후에도 그녀는 온갖 곳을 여행하고, 온갖 마물과 마주쳤습니다.

예를 들면 배에 탔을 때.

"큰일이야! 배가 터무니없이 커다란 문어한테 습격당했어! 이대로라면 침몰하고 말──."

"맛있어!"

"뭐?"

그녀는 배에 달라붙은 문어같이 생긴 마물의 다리를 잘라내 문어구이를 만들었습니다. 맛있었다고 합니다.

예를 들면 산을 여행했을 때.

"실은 이 주변에 드래곤이──."

"스테이크!"

"뭐?"

드래곤 고기로 스테이크를 만들었습니다. 질겼지만 맛있었다고 그녀는 말했습니다.

그리고 예를 들면 사막을 전전하던 때.

"어이! 당신, 그쪽으로 가지 마! 흉포한 전갈형 마물 서식지라고!"

"튀김!"

"뭐?"

게 같은 맛이었다고 그녀는 이어 말했습니다.

그리고 예를 들면 이 주변 지역에서.

"어이! 커다란 소 같은 마물이 나타났어!"

"스튜!"

"뭐?"

엄청나게 맛있어서 남획하고 말았다고 그녀는 말했습니다.

아무튼 그녀는 이렇듯 여러 나라와 지역을 여행하며 마물들을 위장 속에 넣어왔던 것입니다. 이쯤 되면 이제 모험가보다 많은 마물과 대치했던 것 같네요.

"언제 어느 때고 나는 마물 이야기를 들으면 달려가려 하고 있지!"

하하하하하! 하고 그녀는 제 뒤쪽 나뭇가지 위에서 다리를 꼬며 의기양양하게 웃었습니다.

"아아…… 그러시구나."

저는 뜨뜻미지근한 시선과 함께 호응하고 "다음에 갈 나라에서는 마물에 관한 이야기가 들려오지 않기를……"이라고 빌었습니다.

어쩐지 저까지 말려들 것 같은 기분이 들었기 때문입니다.

"──실은 우리나라 주변 지역에서 마물이 나타나 농작물을 망가뜨리고 있어서."

그리고 숲을 빠져나와 다다른 나라에서, 저와 나나마 씨는 마중을 나온 관리님에게 그러한 말을 들었습니다.

아, 진짜…….

저는 마음속으로 이마를 찰싹 쳤습니다. 안 좋은 쪽 예감만 들어맞는다니까…….

"마물이라. 마물이라고? 어떤 마물이지?!"

흥분하는 나나마 씨.

관리님은 저와 그녀를 함께 여행하는 사이라고 여겼는지, "부디 두 분께서 퇴치해주셨으면 합니다만……"이라며 안색을 살폈습니다.

아니 저는 딱히 그녀와 동료인 것 아닌──.

"보수도 두둑이 드리겠습니다."

"하겠습니다."

저희는 둘이 함께 관리님의 안내를 받아 나라의 관청으로 향했습니다.

관청 안에는 다친 병사들이 여럿.

전부 경상이라 생명에 지장은 없는 것 같았지만, 하나같이 몹시 지쳐 보였습니다. 바로 직전까지 전장에 있었으리라는 것은 상상하기 어렵지 않았습니다.

"병사 제군! 여행자분이 협력해준다고 하신다!"

기뻐하며 관리님이 보고하자 그들은 안도의 한숨으로 답했습니다. 아아, 다행이다. 더는 싸우지 않아도 되는 건가…… 하고, 중얼거리는 누군가의 목소리가 들렸습니다.

"무슨 일이 있었던 건가요?"

저는 그들에게 물었습니다.

고개를 들고 답해준 것은 자신을 병사장이라고 소개한 남성이었습니다.

"마물한테 당했다."

말하길, 이 나라 근처에 있는 동굴에는 옛날부터 마물이 살고 있다고 합니다.

마물은 결코 흉포한 종족은 아닌지, 지금까지는 이쪽이 자극하지 않는 한 먼저 덤벼드는 일이 없었다고 합니다.

간섭하지 않으면 아무것도 하지 않는다.

이 나라 사람들은 마물과의 적절한 거리감을 유지하며 지금까지 지내왔습니다.

"……그런데 요즘 들어서 갑자기 마물들이 우리나라의 농작물을 망가뜨리게 되어서 말이지."

대체 왜.

의문을 가질 틈도 없이, 마물들은 나라에 나타나 밭을 짓밟고 잇따라 농작물을 뒤엎었습니다.

그 모습은 참을 수 없는 분노를 터뜨리고 있는 것 같기도 했다고 합니다.

그러나 원인은 알 수 없었습니다. 유일하게 명백한 사실은 이 대로 방치하면 나라가 일방적으로 손해를 입게 된다는 것.

그 결과, 고민에 빠진 이 나라 사람들은 병사들에게 의지하기로 했습니다.

"그리고 우리는 놈들을 맞아 싸우게 되었지. 그 결과가 이 꼴이다. 농작물은 지킬 수 있었지만, 우리도 부상을 입었어. 다음에 또 쳐들어오면 끝까지 지켜내긴 어려울 거야."

오랫동안 평화롭게 살아온 영향이 이렇게 나온 것일까요? 병사들은 전투에 익숙하지 않은 모양입니다.

병사들이 싸울 힘을 잃고, 맨몸이나 다름없게 된 이 나라는 마물에 있어선 절호의 먹잇감이라 할 수 있을 테지요.

농작물만이 아니라, 물자까지 잃게 될 가능성이 있다고 합니다.

"그래서 여행자인 당신들에게 의뢰하려는 겁니다."

관리님은 말했습니다.

부디 이 나라를 지키기 위해, 마물들의 서식지를 직접 쳐부숴 줄 수 없겠습니까──라고.

"……과연."

저는 흐음 하고 고개를 끄덕이며 생각에 잠겼습니다.

지금까지 유지되었던 균형은 마물에 의해 무너져버렸고, 지금은 일각을 다투는 사태. 나라 사람들은 마물의 서식지를 직접 공격한다고 하는 선택을 할 수밖에 없었던 것일 테지요.

"힘든 일을 여행자인 너희에게 떠넘기게 돼서 미안하지만……

부탁해도 될까?"

병사장은 저희에게 깊게 고개를 숙였습니다.

고개를 떨군 병사들. 심각한 표정의 관리님.

관청 내부는 다소 무거운 분위기에 잠겼습니다.

그러나 그사이에서 나나마 씨만은 당당한 모습으로 입을 열었습니다.

"그런데, 마물이라는 건 어떤 느낌의 마물이지?"

그녀가 꺼낸 그 말에 관리님 일행은 눈을 크게 떴습니다. 그것은 마치 '수락하겠습니다'라는 의미를 포함한 약간 예의를 차린 대답처럼 받아들일 수도 있었기 때문입니다.

"고맙습니다! 여행자님께는 아무리 감사를 드려도 부족할 따름입니다!"

"아니, 그런 건 됐으니까. 어떤 마물이지?"

"정말 무어라 감사를 드리면 좋을지…… 우리나라는 이제 살았습니다!"

"그런 건 됐으니까 마물 종류를 가르쳐달라고."

"네……?"

좀처럼 맞물리지 않는 대화에 관리님은 눈을 동그랗게 떴습니다.

설마 그녀가 먹기 위해 마물 종류를 묻고 있을 뿐이라고는 그들도 상상하지 못했을 테지요.

저는 "이 사람은 배가 고플 뿐이랍니다" 하고 관리님 일행에게 슬쩍 알려주고 싶은 기분이 들었습니다만, 자세하게 설명하는 것은 귀찮았기 때문에 옆에서 생글생글 웃고 있기로 했습니다.

관리님은 나나마 씨의 질문에 조금 당황하면서 병사님들에게 도움을 요청했습니다.

"……병사장님, 어떤 마물입니까?"

"분명 돼지 같은 생김새의 마물이었는데……."

돼지 같은 생김새, 라고요.

과연, 그렇군요——하고 저었다면 이쯤에서 납득했을 터입니다만.

그러나 요리사인 나나마 씨에게 그 대답은 몹시도 부족한 것이었습니다.

"너는 혹시 차이를 느끼지 못하는 타입의 인간인가? 돼지라고 해도 종류가 여러 가지 있잖아!"

언성을 높이는 나나마 씨.

"여, 여러 가지……?"

"예를 들면 털 빛깔은? 크기는? 품종은? 더 자세히 알려달라고!"

"아니 그렇게까지는 기억나지 않는데——."

"망할!"

대략적인 종족만이 아니라 크기와 품종 등도 조리 방법에 큰 영향을 미칩니다. 일류 요리사인 그녀에게는 중요한 요소지만, 관리님을 비롯한 이 나라 사람들에게는 뭉뚱그려 '마물'로만 여겨지는 모양이었습니다. 나나마 씨는 그 자리에 웅크리고 앉아 바닥을 쳤습니다.

잘은 모르겠지만 정서가 불안정해 보이는 나나마 씨의 모습에 나라 사람들은 좀 질색했습니다.

"……! 잠깐!"

그리고 직후에 퍼뜩 고개를 드는 나나마 씨.

잘은 모르겠지만 정서가 불안정해 보이는 나나마 씨에게 나라 사람들은 더욱 질색했습니다.

"왜, 왜 그러십니까?"

질문하는 관리님.

"다른 이야기인데, 이 건물에 주방은 있나?"

"정말 다른 이야기로군요."

"그래서, 있나?"

"탕비실이라면 있습니다."

"너도 차이를 모르는 타입의 인간인가? 나는 주방을 요청했는데?"

나나마 씨는 약간 화가 난 기색이었습니다.

탕비실과 주방을 동급으로 취급하지 말라고 말하고 싶은가 봅니다.

어찌할 바를 몰라 하며 관리님은 병사장님에게 도움을 요청했습니다.

"벼, 병사장님. 병사장님 댁이 이 근처였지요?"

"아, 그래…… 그렇긴 한데."

"빌려주십시오."

이제 병사장님은 관리님의 생명줄이 되어 있었습니다.

"그래……."

조금 싫은 표정을 지으면서 병사장님은 나나마 씨에게 고개를 갸우뚱해 보였습니다.

"뭐…… 우리 집 주방을 빌려주는 건 상관없지만, 뭘 하려는 거지?"

그러자 나나마 씨는 가방에 손을 찔러넣고는 대꾸했습니다.

"고기를 굽게 해줘……!"

그러고서 줄줄이 꺼낸 것은 아까 처리했던 거대한 뱀 고기였습니다.

병사장님은 순간 "뭐?"라고 말하고 싶은 듯한 얼굴이 되었지만, "그, 뭐, 영양 보충은 중요하지……"라며 기묘한 제안을 받아들였습니다. 어른이다.

"그럼, 네가 고기를 구운 후에 마물 서식지까지 가는 길을 두 사람에게 가르쳐주겠다. 그럼 되겠나?"

"상관없어."

"마녀님, 당신도 그 흐름으로 괜찮겠나?"

질문하는 병사장님.

물론 상관없습니다── 그렇게 제가 고개를 끄덕이려던, 바로 그 순간이었습니다.

"……!"

눈을 크게 뜨는 저.

"잠깐만요."

"이번엔 또 뭐지?"

고개를 갸우뚱거리는 병사장님.

제 시선 끝, 관청 창밖에 포장마차가 하나.

희고 동그란── 푸른 하늘에 떠 있는 구름처럼 폭신폭신한 아이스크림이 보였던 것입니다.

그런 연유로 저는 아주 몹시 진지한 얼굴로 말했습니다.

"아이스크림 하나만 사 와도 괜찮을까요?"

"너희 머릿속엔 먹을 것밖에 없는 건가?"

아무튼 저희는 그렇게 마물 퇴치 여행을 떠나게 되었던 것입니다.

○

"알겠어? 마물 서식지는 우리나라에서 서쪽으로 나아간 곳에 있는 동굴 속이다."

출발 직전에 병사장님은 테이블에 지도를 펼쳐놓고 나라와 마물들의 위치 관계를 다시 한번 가르쳐주었습니다.

저희는 흠흠 과연 하고 고개를 끄덕였습니다.

"고기 맛있어."

우물우물 먹는 나나마 씨.

"…………."

병사장님은 감정 없는 얼굴로 나나마 씨를 바라본 후에 제게로 시선을 돌렸습니다.

"마물들은 지능이 아주 높아서, 주변에 덫을 설치해놨을 가능성도 있다. 빗자루로 접근할 땐 부디 주의를 하도록 해."

"알았습니다."

아이스크림을 우물우물 먹는 저.

"…………."

이 자식들 괜찮으려나…… 중얼거리면서도 병사장님은 상황 설명을 계속했습니다.

그러나 불성실해 보여도 저는 마녀이고, 그리고 나나마 씨는 나라를 대표할 정도의 요리사. 설명을 반만 들어도 작전 대행에는 아무런 문제도 없습니다.

"으으음……."

다만 그것은 그들의 설명이 전부 정확했을 경우에 한합니다.

도착한 후에 안 것입니다만, 병사장님을 포함한 나라 사람들의 인식에는 중대한 결함이 있었습니다.

설명대로 나라에서 서쪽으로 나아간 곳에 있던 마물 서식지.

길 여기저기에 있던 덫을 빠져나가 동굴 입구까지 다다른 저희는 몸을 웅크리고서 살금살금 안으로 들어갔습니다.

나나마 씨가 경악한 것은 그 직후의 일이었습니다.

"이, 이건 뭐야……! 대체 어떻게 된 거야……!"

분명 정보대로 동굴 안에선 적이 몸을 숨기고 있었습니다.

그러나 그곳에 있던 것은 마물이 아니었습니다──.

"꾸울…… 꾸울……."

동굴 안에서 소리가 들렸습니다.

"꿀……."

여기저기에서 소리가 들렸습니다.

동굴 중심에서는 모닥불이 피어오르고 있었습니다. 불빛 옆에서 "꾸울……" 하고 목소리를 내고 있는 것은 마치 인간과 같은 차림을 한 종족이었습니다.

얼굴은 병사장님 일행의 설명 그대로, 돼지 같은 생김새.

그러나 그들은 옷을 입고 있고, 신발도 신고 있었으며, 피부색은 연한 복숭앗빛.

동굴 안을 둘러보니 요리를 하고 있는 자, 무기를 손질하고 있는 자, 그리고 담소를 나누고 있는 자의 모습도 있었습니다.

저희 같은 여행자 사이에서 마물과 마족은 명확하게 구별되어 있습니다. 간단명료하게 말씀드리자면 인간과 마찬가지로 이족 보행으로 행동 가능하며 문화를 형성할 수 있는 종족은 마족. 그 이외는 마물이라고 되어 있습니다.

즉, 저와 나나마 씨가 보기에 그들은 마족이었던 것입니다.

"으아아아아아아아아아아아아아아아앗!"

그런고로 나나마 씨는 그 자리에 주저앉아 바닥을 쳤습니다.

맛있는 고기를 먹을 수 있을 줄 알았는데! 하고 영혼이 담긴 비명도 지르고 있었습니다.

"예상외의 전개네요……."

아마도 병사장님을 비롯한 그들의 나라에서는 동굴에서 문화를 형성하고 있는 돼지 같은 생김새의 마족도 뭉뚱그려 마물이라고 부르고 있는 것일 테지요.

"차이를 모르는 놈들 같으니이이이이이이이이이이이이!"

나라 사람들이 가진 조잡한 인식에 나나마 씨는 매우 화를 냈습니다.

몹시도 화가 난 나머지 적지에 와 있다는 사실을 잊은 듯했습
니다.

"저기, 조용히 해주세요!"

저는 허둥지둥 그녀를 제지했지만, 그러나 한발 늦었나 봅니다.

"꿀……!"

동굴 안의 마족들은 나나마 씨의 영혼의 절규에 놀라 고개를 들
었고, 그리고 이쪽의 존재를 알아차렸습니다.

"정말이지 무슨 짓입니까!"

모처럼 몸을 숨기면서 입구까지 도착했는데.

저는 그녀의 머리를 꽁 때렸지만 아마도 딱히 반성 같은 건 하
지 않을 테지요.

"헷갈리는 생김새를 해서는……!"

"엉뚱한 화풀이인가요?"

"마족 놈들, 용서 못 해……!"

"엉뚱한 화풀이네요."

제가 옆에서 차가운 시선을 보내는 가운데, 그녀는 한 손에 칼
을 들고 일어섰습니다.

완전히 어디를 어떻게 보아도 위험인물.

"우오오오오오오오오오오오오오오오오오오옷!"

그리고 그녀는 크게 소리를 지르면서 뛰쳐나갔습니다.

"꾸울……!"

마족들은 갑작스레 덤벼드는 수수께끼의 인간을 보고 놀랐고,

서로 얼굴을 마주 보며 무기를 들었습니다.

그 모습은 "어? 저 인간은 뭐야?!" "위험한 놈이다"라고 말하고 싶은 듯했고, 매우 인간적인 반응이라고 할 수 있었습니다.

"꿀!"

그리고 나나마 씨의 뒤에 제가 대기하고 있다는 사실 역시 당연하게도 그들에게 들켰습니다.

저를 가리키며 이쪽으로 닥쳐드는 모습이 "어이! 저 애 귀엽지 않아?" "엄청나다!" "미소녀야!"인지 어떤지는 제쳐두고, 동굴 안은 순식간에 크게 소란스러워졌습니다.

"에휴……."

저는 지팡이를 손에 들고 응전했습니다.

돼지 같은 생김새를 한 마족들이 검과 창을 손에 들고 휘둘렀습니다. 저는 부드럽게 피하면서 지팡이를 들어 무기를 하나하나 마법으로 튕겨냈습니다.

얼굴은 돼지 같다고 해도 역시 마족. 지혜가 있는 그들의 움직임은 그야말로 인간을 상대하는 듯했고, 바꿔 말하자면 예측하기 쉬워서 저는 마치 지휘봉을 휘두르듯 가볍게 지팡이를 휘둘러 그들을 무력화해 나아갔습니다.

여기서 인간에게는 적수가 되지 않는다고 생각하게 만들 수 있다면, 앞으로 인간의 작물을 망가뜨리는 짓은 하지 않게 될 테지요.

"으하하하하하하하하하하하하하하하하하하하하하하!"

………….

아니, 어쩌면 "인간은 무서워……"라고 생각하게 되는 게 먼저

일지도 모르겠습니다.

칼을 휘두르면서 웃는 나나마 씨의 모습에 마족들은 놀라 겁을 먹고 "무서워……"라고 말하고 싶은 듯한 분위기로 거리를 벌리고 있었습니다.

"무서워……."

참고로 저도 몰래 그녀에게서 거리를 두었습니다.

그런 와중에 다른 이야기입니다만, 저는 오늘 아이스크림 이외엔 제대로 된 식사를 하지 않았다는 것을 이쯤에서 문득 떠올렸습니다.

"으음……?"

제 코가 좋은 냄새를 포착하고는 움찔 반응했습니다.

동굴 안을 나아가던 저의 걸음이 멈추었습니다.

배가 공복이라는 사실을 떠올린 것처럼 꼬르르륵 울리기 시작했습니다. 대체 이 향기는 어디에서? 주변을 둘러보는 저. 이윽고 동굴 구석 쪽에 있는 모닥불을 포착했습니다.

그저 불을 피우고 있던 것이 아니라, 깜빡깜빡 약한 불이 피어오르는 곳에 냄비가 걸려 있었습니다.

흠흠.

저는 비척비척 접근해 갔습니다.

직후에 놀랐습니다.

거기엔 스튜가 있었던 것입니다.

스튜!

"꽤 맛있어 보이는데요……."

냄비에서 풍기는 고소한 냄새가 나는 증기의 매력은 거부하기 어려웠고, 깨닫고 보니 저는 표정이 풀어진 채 냄비 옆에 웅크리고 앉아 "좀 먹어보고 싶네요……"라고 중얼거렸을 정도였습니다.

이곳은 적지이고, 그리고 눈앞에 있는 것은 마족이 만든 요리. 입에 맞을지 어떨지는 확실치 않고, 어쩌면 먹자마자 쓰러지고 말지도 모릅니다.

위험하다는 걸 알면서도 어째선지 저는 스튜 안에 담긴 국자로 손을 뻗고 있었습니다.

어쩌면 나나마 씨의 너무나도 위험한 언동이 옮아버렸는지도 모릅니다. 영향을 잘 받는 아이, 그게 바로 저입니다.

그리고 저의 갑작스러운 행동에 한 마족이 다급하게 막아섰습니다.

"꿀! 꾸울꾸울! 꾸우울!"

무슨 말을 하고 싶은 걸까요? 화내고 있는 것 같습니다만 저로서는 전혀 이해되지 않는군요. 그런고로 귀를 기울이면서 저는 물었습니다.

"어라? 뭔가요?"

제가 이해할 수 있는 말로 부탁드립니다.

"그건 아직 조리 중인 거니까 먹지 말아주세요."

"말할 수 있었나요?"

깜짝 놀랐습니다.

"아니, 그게, 우리도 마족이니까 그야 말할 줄 알죠."

"조금 전까지 꿀꿀거렸으면서……."

"당신들 인간도 놀랐을 때 '으아악!' 같은 말을 하잖아요."

그거랑 같은 겁니다, 하고 저를 평범하게 설득했습니다. 수수께끼의 설득력.

그건 제쳐두고, 말이 통한다고 한다면 이야기는 빠르겠군요.

저희는 밭이 망가진 나라 사람들을 위해 마족을 퇴치하러 왔습니다만, 대화가 가능하다면 무리하게 이쪽에서 덤빌 필요도 없을 테지요.

그런고로 저는 평화적 해결을 위해 말을 걸었습니다.

"달리 먹을 게 없나요?"

실수했습니다.

"……사실 저희가 여기 온 데엔 이유가 있습니다. 이곳 집락에서 가장 높은 분은 누구신가요?"

"저입니다만."

"그런가요. 과연……."

"배가 고픈가요?"

"실은 당신들의 작금의 행동에 관하여 주변 나라에서 불만이 나오고 있습니다."

"빵이 있는데 드실래요?"

"정말인가요?"

맞물리지 않는 듯하면서 맞물리는 대화 끝에.

"일단 그쪽 자리에 앉으세요."

저를 테이블로 안내하는 마족 중 제일 높은 분.

"이거 이거, 감사합니다."

꾸벅 인사하는 저.

저와 마족 중 제일 높은 분―― 족장님, 두 사람을 중심으로 한 평화 교섭이 그렇게 막을 올렸습니다.

저는 우선 이웃 나라에서 나오고 있는 불만에 관해 간단명료하게 전했고, 마침 그 타이밍에 빵과 샐러드가 나온지라 먹었습니다. 우물우물하는 사이에 족장님은 스튜를 완성했고, 저는 이어서 빵을 더 달라고 요청한 다음 스튜도 받았습니다.

"어라, 맛있어."

살짝 맛이 심심한 느낌이지만, 평범하게 먹을 수 있는 맛입니다.

"후후후, 그렇죠? 맛있는 마물 고기를 듬뿍 넣은 스튜예요."

가슴을 펴는 족장님.

"어떤 종류의 마물인가요?"

가볍게 묻는 저는 마치 작은 레스토랑에 온 손님이 된 듯한 기분이었습니다. 셰프, 가 아니라 족장님은 잘 물어보셨습니다라고 말하고 싶은 듯한 흡족한 표정으로 고개를 끄덕이고.

"소 같은 마물 고기입니다."

그렇게 말했습니다.

주변 지역에서 방목하고 있다고 합니다.

"오호라."

생각보다 마물도 맛있네요 하고 맞장구를 치는 저.

"잠깐. 소 같은 마물 고기라고?"

제 곁에 나나마 씨가 슬쩍 나타난 것은 그 직후의 일이었습니다.

"너희 소 같은 마물 고기로 요리를 하는 거야?"

"어느 틈에 온 겁니까?"

동굴 안을 정신없이 돌아다니고 있는 줄 알았습니다만.

"나는 밥 냄새에 민감해."

"그런가요? 그나저나, 다른 마족들은 어떻게 했나요?"

"ㅅㅇㅇㅇㅇㅇㅇㅇㅇㅇㅇㅇㅇㅇㅇㅇㅇㅇㅇㅇㅇㅇㅇㅇㅇㅇㅇ읍……."

"얘기를 좀 들어주세요."

"테이스팅 중이니까 말 걸지 말아줘."

"그 스튜는 제 건데요."

"ㅅㅇㅇㅇㅇㅇㅇㅇㅇㅇㅇㅇㅇㅇㅇㅇㅇㅇㅇㅇㅇㅇㅇㅇㅇㅇㅇㅇ읍……."

"얘기를 전혀 들어주질 않고 있어……."

제가 먹고 있던 스튜가 담긴 접시에 얼굴을 들이대고 냄새를 들이마시는 나나마 씨. 그러고 보니 식재료로 망상할 때의 나나마 씨는 주변 상황이 일절 들어오지 않는다고 했었죠. 쓸데없는 정보를 떠올린 저는 정색했습니다.

"……꿀." "꾸울……." "꾸, 꾸울……!"

아마도 나나마 씨와 싸웠던(습격당했다고 말하는 편이 옳을지도 모르겠습니다만) 마족들은 하나같이 그녀를 두려워하며 거리를 두기로 했나 봅니다.

등 뒤에서 서로 소곤거리는지 "꿀꿀" 하는 목소리가 들려왔고, 돌아보니 돼지 같은 생김새의 마족들이 바들바들 떨면서 나나마 씨를 바라보고 있었습니다.

"저들은 말을 못 하나요?"

족장님에게 묻는 저.

"아뇨, 말할 수 있습니다만."

"하지만 꿀꿀거리는데요."

"인간인 당신들도 무시무시한 걸 보면 '으악……' '위험해……' 같은 말을 하잖아요. 대충 그거랑 같은 겁니다."

"네에……."

그런 거로군요, 하고 억지로 납득하는 저.

나나마 씨가 눈을 크게 부릅뜨고서 족장님 쪽으로 고개를 든 것은 그 직후.

"나한테도 소 같은 마물 고기 스튜를 주겠나?"

어찌 되든 상관없지만 소 같은 마물이라니 뭡니까?

조금 더 제대로 된 이름은 없었던 겁니까?

"어? 예에…… 그럼요."

아까부터 기괴한 행동만 하고 있는 나나마 씨의 모습에 약간 당황한 반응을 보이면서도 족장님은 고개를 끄덕이고, 그러고서 그녀 몫의 스튜를 덜어주었습니다.

"잘 먹겠습니다——."

그리고 나나마 씨는 스푼을 들고.

먹었습니다.

"……!"

직후에 그녀는 눈을 휘둥그레 떴습니다. 경악으로 가득한 표정.

"이건 대체 뭐야——."

혹은 분노를 느끼고 있는 표정인지도 모릅니다.

손에 든 스푼을 움켜쥐면서 그녀는 소리쳤습니다.

"장난치는 거냐 이 자식아아아아아아아아아아아아아!"

"에엑?!"

놀라는 족장님.

나나마 씨는 이어서 벌떡 일어나더니 족장님을 질질 끌고서 냄비가 걸려 있는 모닥불 곁으로 나아갔습니다.

——저, 이제부터 족장님과 평화적으로 이야기를 나누려고 생각하던 참이었는데요.

"네놈은 식재료의 목소리를 제대로 듣고 있는 거야? 대체 어떻게 하면 이런 웃기지도 않는 양념을 할 수 있는 거냐고!"

"에엑? 하지만 저희 집락에서는 이 스튜를 일상적으로 먹는데요——."

"딱 잘라 말할게. 네가 만든 스튜는 흙탕물만도 못해."

"흙탕물만도 못하다니……."

"이걸 먹고 좋아하는 사람은 전부 혀가 죽은 거라고 생각해라."

저 방금 그걸 먹고 맛있다고 말해버렸습니다만.

제 혀는 죽었던 겁니까?

"저기, 애초에 당신들은 대체 왜 우리 동굴에 온 건가요……?"

겁먹은 모습으로 나나마 씨에게 질문하는 족장님.

"뭐? 쓸데없는 질문하지 마. 그런 건 뻔하잖아!"

그리고 그녀는 족장님의 어깨에 손을 올리고.

이어서 말했습니다.

"——맛있는 마물 요리를 만들기 위해서다!"

아닙니다…….

©Azure

"너한테 진짜 마물 요리를 가르쳐주지."

정말로 아닙니다…….

그렇게 제가 제지해본들 멈출 그녀가 아니었습니다.

그 후 나나마 씨는 "나를 식량 창고로 안내해!"라며 물자를 훔치러 온 산적 같은 말을 하면서 족장님을 끌고 다녔고, 마물 고기와 채소와 과일 같은 온갖 식재료를 꺼내왔습니다.

"스ㅇㅇㅇㅇㅇㅇㅇㅇㅇㅇㅇㅇㅇㅇㅇㅇㅇㅇㅇㅇㅇㅇㅇㅇㅇ읍……."

그리고 꺼낸 직후에 그녀는 식재료에 얼굴을 가져다 대고서 숨을 힘껏 들이쉬었습니다. 들이쉰 다음에 얼굴을 들었습니다.

"하아아아아아아아……! 좋은 식재료를 갖고 있잖아! 으하, 하하하하하하하!"

황홀한 표정의 나나마 씨.

"으아." "꾸울……."

저와 족장님은 똑같이 질색했습니다만, 예에 따라 어차피 그녀의 귀에는 전혀 들리지 않았을 테지요. 이제 익숙해졌습니다.

그러나 조금 위험한 일면을 갖고 있기는 해도 그녀는 역시 타고난 요리사였습니다.

나나마 씨는 고개를 든 후에 족장님의 어깨에 팔을 두르고 속삭였습니다.

"자, 식칼을 들어. 내가 널 어엿한 한 사람 몫을 하게 해주겠어."

"하, 한 사람 몫……이요?"

꾸울 하고 놀라는 족장님.

"그래. 어른으로 만들어주지──라고 말하는 편이 정확하려나?"

"꾸, 꿀······!"

저속한 대화로 들릴 듯도 하고 아닐 듯도 한 대화를 나누고서, 나나마 씨는 족장님에게 요리를 하나하나 가르쳐주었습니다.

"이놈! 쉬지 마! 손을 더 움직여!" 철썩!

"꾸우울!"

"그 우는 소리는 뭐야? 어리광부리지 마!" 철썩!

"꾸우울!"

"후후······ 지금, 어떤 기분이지? 감상을 말해봐. 이 돼지."

"대, 대단해······! 새로운 세계가 보이는 것만 같습!"

"닥쳐, 이 돼지!" 철써어어어어억!

"꾸우우우우우우우우울!"

············.

저속한 대화처럼 들리지만 요리를 하고 있을 뿐입니다.

아무튼 두 사람에 의해.

"이놈!" "꾸우울!"

············.

초반에는 당황했지만, 족장님은 나나마 씨의 지도를 열심히 듣고, 배우고, 소 같은 마물을 이용한 요리를 차례차례 마스터 해나갔습니다.

스튜로 시작해, 스테이크, 찜, 돼지고기구이, 돼지고기 조림, 탕수육, 포크 스테이크 등등 여러 요리가 맛있는 냄새와 함께 테이블에 차려졌습니다. 후반은 돼지고기 요리뿐이네요······.

"뭔가 좋은 냄새가 나는걸." "족장! 뭔가요? 이 요리는!" "맛있겠다."

저희의 상황을 멀리서 살피고 있던 마족 동료들도 무기를 내려 놓고서 서서히 모여들었고, 테이블에 차려진 요리 하나하나에 손을 뻗었습니다.

"──맛있어!"

이런 맛있는 음식은 먹어본 적 없어!

마족 동료들은 감동하며 전율했습니다. 더 먹고 싶다, 만드는 법을 가르쳐줘──마족들은 눈을 빛내며 나나마 씨에게 바짝 다가갔습니다.

"하하하하하하하하하하하하하하하하하하하하하하!"

마족들의 환성을 들으며 만족스러워하는 나나마 씨.

이윽고 그녀는 고개를 갸우뚱거리며 말했습니다.

"결국 우리는 뭘 하러 왔던 거지?"

"그거 제가 묻고 싶습니다만."

저희가 나라에서 나오고 있는 불만에 관해 이야기한 것은, 결국 한참 배를 채우고 난 다음이었습니다.

○

"그런고로 함께 요리한 결과가 이거다."

아마도 나라로 돌아온 저희를 맞이한 관리님과 병사님들은 몹시 놀랐을 겁니다.

마녀와 요리사.

단둘이서 위험한 마족이 사는 동굴에 돌입해 들어갔건만, 돌아온 저희는 대량의 마물 요리와 마족들의 대표—— 족장님을 거느리고 있었으니까요.

"저기, 이건 대체 어떻게 된……?"

의아한 표정을 짓는 관리님.

설명하지 않으면 안 될 테지요.

저는 동굴 안에서 벌어졌던 일을 돌이켜보았습니다.

"사람들의 작물을 망가뜨린 것은 무척 죄송스럽게 생각하고 있습니다……. 하지만 저희도 이유 없이 그런 짓을 한 건 아닙니다."

상황이 일단락된 뒤에 마족이 가진 사정을 가르쳐준 것은 족장님이었습니다.

스튜를 받을 때 들었던 대로, 동굴에 사는 마족들은 원래 가축으로 소 같은 마물을 기르고 있었습니다.

지금까지는 그렇게 자급자족하는 생활을 만끽했습니다.

"그런데 최근 우리 가축이 인간에게 습격을 받아서……."

대체 어디 사는 누가 벌인 짓일까요. 왜 습격받은 것일까요. 자세한 사정은 모릅니다. 그저 명백한 것은, 가축이 인간에게 습격받았다는 것뿐.

마물들은 음식이 부족해졌고, 화가 났고, 그래서 화풀이 같은 느낌으로 가까운 나라의 작물을 망가뜨려 놓았던 것입니다.

원래 나라와 마족들의 동굴이 인접해 있는 탓에, 나라 사람들이 한 짓이라고 단정 지어버렸던 것인지도 모릅니다.

"과연, 그런 사정이 있었던 건가요——."

이야기를 들은 단계에서 저는 나라 사람들과 마족 사이에 오해가 있었다는 것을 눈치챘습니다.

저희에게 의뢰한 관리님들의 반응으로 보건대 아마도 마족들이 키우던 가축이 습격당한 것——애초에 가축을 키우고 있었다는 사실 자체를 그들은 몰랐을 겁니다.

본인의 행동에 짚이는 바가 있었다면 저희에게 해결을 부탁하지 않았을 테니까요.

그리고 마족들이 의사소통 가능한 상대라는 것을 알았다면 직접 대화에 나섰을 겁니다.

아마도 마족의 가축을 습격한 것은 일면식도 없는 제삼자. 여행자, 상인, 모험가, 혹은 도적. 아무튼 양식이 결여된 누군가의 소행일 테지요.

그런고로 저는 이상의 추측을 바탕으로 족장님에게 오해라는 것을 설명하고 "일단 음식이라도 가져가서 화해하지 않으실래요?" 하고 함께 오도록 설득했습니다.

이렇게 저희 셋은 나라로 돌아왔고, 그리고 관청으로 향해 여러 요리를 테이블에 차려놓게 되었던 것입니다.

"……그렇게 된 거였습니까."

흐음 하고 깊게 고개를 끄덕이는 관리님.

"그것참, 저희도 이상하다고는 생각했습니다. 지금까지 줄곧 평화적으로 서로의 영토를 지키며 살아왔는데, 갑자기 습격해 와서……."

작물이 다소 희생되기는 했지만, 일단 평화적인 해결을 맞이할 수 있다는 것에 안도했을 테지요. 깊은 한숨을 내쉬는 관리님의 표정은 누그러져 있었습니다.

"이쪽도 지레짐작으로 큰 폐를 끼쳤습니다……."

죄송합니다, 죄송합니다 하고 고개를 숙이는 족장님.

가져온 음식을 손으로 가리키면서 "이건 사죄의 뜻입니다"라고 이야기하는 모습은 인간보다 인간다워 보였습니다.

"오호. 괜찮겠습니까? 그럼……."

관리님이 앞장서서 음식에 손을 뻗었습니다.

"……오옷!"

한입 먹은 후에 떠오른 표정은 동굴 안에서 본 마족들과 마찬가지로 기쁨과 놀람으로 가득했습니다.

"여러분도 드셔보십시오. 일품입니다!"

뒤로 물러나 있던 병사들은 서로 얼굴을 마주 보더니, 관리님의 뒤를 따라 천천히 음식에 손을 댔습니다.

한 사람, 또 한 사람.

관청 안에 미소가 퍼져갔습니다.

"훗…… 가르친 보람이 있었군."

그리고 제 옆에 대기하고 선 나나마 씨도 또한 만족스러운 미소를 지었습니다.

우여곡절이 있었지만, 화해를 위한 교섭이 매끄럽게 진행된 것은 그녀가 족장님에게 요리를 가르친 덕분——이라 해도 과언은 아닐지도 모릅니다.

한 식탁에 둘러앉았을 때, 사람은 자신도 종족도 관계없어집니다.

그저 평등하게 음식을 즐기고, 배불리 먹는 것에 대한 기쁨으로 가득한 얼굴이 관청의 한 공간에 존재하고 있었습니다.

그야말로 평화적 해결.

저는 오늘의 공로자인 나나마 씨를 쿡쿡 찌르면서 말했습니다.

"소 같은 마물을 조리하는 방법을 용케 알고 계셨네요."

제법이잖아요, 하고 말을 거는 저.

나나마 씨는 자랑스레 "훗" 하고 웃으면서 답했습니다.

"최근 들어서 마구 남획해 연구했거든."

"호오."

잔뜩 연구한 거로군요.

고개를 끄덕이는 저.

"……응?"

남획?

지금 남획이라고 하셨나요?

"──그러고 보니, 결국 당신들의 가축을 습격한 인간이란 건 대체 어떤 놈이었지?"

병사장님이 물었습니다.

족장님은 고개를 젓고 "유감스럽게도 현장을 목격한 자가 없습니다……" 하고 고개를 떨구며 답했습니다.

"그런가…… 큰일이었겠어."

"예……. 소 같은 마물들도 남획 탓에 조금 도망쳐버려서……

지금은 이전보다 수가 대폭으로 줄고 말았습니다."

"앞으로는 우리 병사들도 당신들의 가축 호위를 맡게 해줘. 이웃의 위기를 가만히 지켜볼 수는 없으니까."

"! 그래주시겠습니까?"

"당연하지. 한 식탁에서 밥을 먹은 사이잖아? 당신과 우리는 이미 같은 편이야──."

"벼, 병사장님……!"

그러한 족장님과 병사장님의 감동적인 대화.

그것을 한쪽에서 바라보면서 나나마 씨는 "음?" 하고 고개를 갸웃거렸습니다.

"잠깐만. 녀석들은 소 같은 마물이 남획당해서 화를 낸 건가?"

"당신은 새삼스럽게 뭘 물어보는 겁니까."

이야기를 안 들었던 건가요?

조금 전에도 실컷 이야기했고, 애초에 동굴에서도 같은 이야기를 했습니다만?

"나는 동굴 안에서 바빴잖아."

"그랬던가요?"

동굴 안에서의 일을 다시 떠올려 보는 저.

"스ㅇㅇㅇㅇㅇㅇㅇㅇㅇㅇㅇㅇㅇㅇㅇㅇㅇㅇㅇㅇㅇㅇㅇㅇㅇㅇㅇㅇㅇ읍……."

그리고 제가 돌이켜본 회상 속에서 힘껏 고개 냄새를 맡으며 트랜스 상태에 빠져 있는 나나마 씨.

우와, 진짜.

전혀 들질 않았네요.

깜짝 놀랐습니다.

그러나 방금 병사장님과 족장님이 나눈 대화는 들었을 겁니다.

"일단 물어보겠습니다만, 소 같은 마물을 남획한 건, 당신이 아닌 거죠?"

질문하는 저.

"용건이 생각났어. 나는 이만 실례하지."

걸음을 내디디는 나나마 씨.

이렇게나 노골적인 도주 방법이 일찍이 있었을까요?

"잠깐만요."

어깨를 잡는 저.

"그럼 이만!"

달리기 시작하는 나나마 씨.

문을 박찬 그녀는 그대로 밖으로 도망쳐버렸습니다.

엄청난 기세에 그 자리에 있던 모두가 돌아보았고, 고개를 갸웃거렸습니다.

"⋯⋯저 사람은 대체 왜 저러는 거지?"라는 병사장님.

외람되지만 답해드리지요.

"저 사람이 범인입니다."

"뭐라고?!"

제가 가리킨 곳에는 나나마 씨가.

"어이! 모두, 쫓아라!"

동료들을 이끌고서 병사장님이 달려갔습니다.

"기다려어어어어어어어어어어어어어어어어어어엇!"

온 나라에 울려 퍼지는 병사님들의 고함.

"으하하하하하하하하하하하하하하하하하하하하하하하하하하!"

그리고 명백하게 위험인물로만 보이는 웃음소리.

순식간에 소란스러워진 거리를 멍하니 바라보면서 저는 입가심으로 아이스크림을 하나, 먹었습니다.

○

며칠 머문 후에 저는 나라를 나섰습니다.

"죽는 줄 알았어."

그리고 같은 타이밍에 나나마 씨도 나왔습니다. 감옥에서.

"감옥에서 며칠 반성하는 정도로 끝나서 다행입니다."

종족 간의 문제를 일으킨 장본인이라고는 하나, 마족과 인간의 화해 계기가 되기도 한 공적을 인정받은 것일 테지요.

그녀에 대한 처벌은 원래보다 상당히 가벼웠고, 벌금 같은 것도 부과되지 않았습니다. 나라 사람들과 마족분들의 의리와 인정에 감사해야 할 일입니다.

"괜찮다면 가고 싶은 곳까지 데려다드릴까요?"

그리고 저의 친절함에도 감사해주었으면 좋겠습니다.

"감옥에서 이제 막 나와서 제대로 된 식사도 못 했겠죠? 이대로 여행에 나섰다간 쓰러질 겁니다."

자, 드세요 하고 저는 휴대 식량을 하나 건네며 말했습니다.

"오오! 고마워."

그녀는 물 흐르듯 휴대 식량을 입으로 가져갔습니다.

그 직후입니다.

"이게 대체 뭐야——!"

부릅! 눈을 크게 뜨는 나나마 씨.

"장난치는 거냐?! 이 맛은 뭐야?!"

"휴대 식량에 맛을 바라지 마세요……."

동굴에서 스튜를 먹었을 때처럼 반응하지 말아주세요.

"그나저나 일레이나는 이제 어디로 갈 셈이지?"

"아, 딱히 어디라고 정하지는 않았는데요."

"흐음…… 그럼 네 다음 목적지는 내가 정하는 게 되는 건가?"

아무래도 며칠 전과 마찬가지로 나나마 씨를 데리고 이동하게 될 테고, 필연적으로 나나마 씨가 향하는 곳에서 저도 한동안 머물게 될 테니.

"뭐, 그렇겠네요."

결과, 저는 고개를 끄덕였습니다.

"그래, 그런가…… 책임이 막대하군……."

흐으음 하고 생각에 잠기는 나나마 씨.

딱히 그렇게까지 심각하게 생각할 만한 일은 아닙니다만.

평생 여행을 함께하는 것도 아니고요.

"편하게 제안해주셔도 괜찮습니다. 저는 어떤 곳이든 거부하지 않을 테니까요——."

그렇게.

제가 웃어 보인 직후의 일입니다.

"어이! 큰일이야!"

숲 저편에서 한 남성이 당황한 모습으로 달려왔습니다. 어머나, 세상에. 무슨 일이 있었던 걸까요?

"왜 그러시나요?"

별생각 없이 자연스럽게 묻는 저.

남성은 말했습니다.

"이 근처 마을에서 마물이 날뛰고 있어! 너희 혹시 여행자야? 저기, 부탁해. 마물을 퇴치해주지 않겠어?"

마물이, 날뛰고 있다고……?

빤히 나나마 씨를 노려보는 저.

"아니, 내가 아냐. 내 탓이 아니라고. 날 보지 마."

애초에 지난 며칠 동안 감옥에 있었잖아 하고 그녀는 얼굴을 찡그렸습니다.

그것도 그러네요.

"그래서, 마물의 특징은?"

도와주겠다고 정한 것은 아닙니다만, 들어두어 손해 볼 것은 없을 테지요.

질문한 제게 남성은 목소리를 높여 말했습니다.

"버섯처럼 생긴 마물이야!"

버섯처럼 생긴 마물.

이라고요?

과연, 그렇군요.

"⋯⋯⋯⋯."

저는 마음의 문을 닫았습니다.

"오호? 재미있는 이야기인데."

한편 제 옆에서는 히쭉 표정을 푸는 기척이 느껴졌습니다.

안 좋은 예감이.

"좋아. 일레이나. 다음 목적지가 정해졌다."

"무리입니다."

"다음은 이 앞에 있는 마을로 간다."

"싫습니다."

"그리고 버섯 요리를 네게 대접해주지⋯⋯."

"거절하겠습니다."

저는 갑자기 의욕 넘치는 나나마 씨를 무시하듯이 빗자루에 올라타, 허공으로 둥실 떠올랐습니다.

버섯 요리만큼은 절대로 싫습니다.

그런 연유로.

"용건이 생각난지라, 이만 실례하겠습니다."

저는 어디의 누군가 같은 변명을 남기면서 그 자리를 뒤로했습니다.

그러나 그 인물이 그 후 어찌 되었을지는 예상하는 그대로.

"으하하하하하하하하하하핫! 잠깐! 놓칠성싶으냐아아아아아아아아아아아아아!"

아주아주 즐겁게 웃으면서 나나마 씨는 제 빗자루를 전속력으로 쫓아다녔습니다.

　그 후.
　어느 마을에서, 창백한 얼굴을 한 마녀와 기묘하게 소리 높여 웃
는 여성이 뛰어든 후에 버섯처럼 생긴 마물을 퇴치했다고 합니다.
　그런데 그 마녀란 대체 누구일까요?
　그렇습니다. 저입니다…….

여행하는 아가씨들, 보여?

여기서 북쪽으로 나아간 곳에 산이 있잖아? 저기가 우리나라, 산의 나라야.

녹음이 우거지고, 산나물도 잔뜩 딸 수 있지. 동물도 많이 살고 있고, 음식은 하나같이 일품이고, 무엇보다 기후가 온난해서 살기 좋아. 내가 아는 한, 우리 고향만큼 멋진 나라는 본 적이 없어.

아까 이야기해준 대로라면, 너희 두 사람은 살 곳을 찾고 있나 보던데. 그렇다면 우리나라처럼 평화로운 나라가 좋다고. 실수로라도 바다 쪽으론 가면 안 돼.

여기서 남쪽으로 쭉 내려가면 바다가 있는데, 거기에 바다의 나라라는 데가 있어.

정말이지 필설로 다 표현할 수 없을 만큼 지독한 나라야.

산이 없고, 산나물도 전혀 없어. 동물이 없어서 생선 요리뿐이고, 무엇보다 녹음이 전혀 없지. 산의 나라에 당연하게 있는 게 아무것도 없다니까. 살 데가 못 돼.

여기서 간다고 하면 절대로, 산의 나라로 가야 한다고. 틀림없을 거야.

보아하니, 언니 쪽은 검사님이고 동생은 마법사 같은데? 그렇다면 분명 재미있을 거야. 우리 고향에는 무술과 마술을 갈고닦기 위한 시설이 잔뜩 있거든.

제2장

산과 바다의 병사들

어째선지 알아?

우리나라는 오래전부터 바다의 나라와 다투고 있어.

여기가 딱 산의 나라 영토의 끝에서도 끝. 바다의 나라와 인접해 있는 토지인데, 놈들은 여기가 본인들 거라고 여기는 모양이야.

자, 봐봐.

마침 어제도 놈들은 이 토지를 찾아왔었나 봐. 간판이 놓여 있지?

'강의 땅은 바다의 나라 영토다.'

아무래도 영토가 척박한 불쌍한 바다의 나라 놈들은 강의 땅이 욕심나서 견딜 수가 없는 모양이야. 하지만 유감스럽게도 여긴 우리 영토거든.

그래서 우리는 놈들에게 현실이란 걸 알려주고 있지.

이렇게 간판을 설치해서──.

'강의 땅은 산의 나라 영토다.'

라고 말이야.

"여기, 강의 땅이라고 하나요?"

나는 머핀을 먹으면서 "호오" 하고 병사님의 이야기에 고개를 끄덕였습니다. 언니도 옆에서 "그렇군" 하고 맞장구를 한 번 쳤습니다. 분쟁 이야기를 듣고 있건만, 우리는 하나같이 느긋한 모습이었습니다.

신발을 벗고 맨발을 차가운 강물에 담그고 있는 탓에 긴장감이 발끝에서 둥둥 빠져나가 버렸는지도 모릅니다. 여행으로 지친 발이 풀어져 갑니다…….

병사님은 그런 우리의 모습을 개의치 않고 이야기를 계속했습니다.

"두 사람 다 좀 봐봐. 강은 산에서 흘러나오잖아. 즉, 강이란 건 산의 소유물이라는 말이야. 그렇지? 그러니까 이 강의 땅도 우리 영토인 거지."

이 주변 지역을 그린 지도를 보여주었습니다.

산의 나라는 지도의 대략 상반부. 대략 하반부는 바다의 나라 영토라고 합니다. 강의 땅은 그 중심 부분. 대부분 평지이기 때문에 강의 흐름은 매우 완만하고 보이는 한은 나무들도 그럭저럭. 그러나 바로 앞에는 바다가 있어서, 여기가 산인지 바다인지 따지자면 어느 쪽도 아니라고 답하지 않을 수 없다── 그런 느낌의 장소였습니다.

강에는 강 특유의 생태계가 있고, 우리의 발밑을 흐르는 물 저편에서도 물고기가 살랑살랑 헤엄치고 있는 것이 보였습니다.

"언니, 이거 줄게요."

나는 옆에 두었던 봉투에서 머핀을 하나 꺼내 언니에게 헌상했습니다.

"받아도 돼?"

"물론이랍니다. 처음부터 언니랑 둘이서 먹으려고 산 거니까요."

여기 오기 전에 방문한 나라에서 대량으로 산 머핀. 잔뜩 있으니 얼마든지 드세요.

언니는 "그럼 사양하지 않을게. 고마워" 하고 웃으면서 손을 뻗어왔습니다.

바다의 나라와 산의 나라도 우리처럼 사이좋게 반반씩 나눌 수 있으면 좋을 텐데라는 생각을 했습니다만, 분명 그들에게 있어 그것은 견디기 힘든 일일 테지요.

"이런 웃기지도 않는 간판이나 세우고 말이야!" "어이, 이거 조각조각 부숴서 태워버리자고."

나에게 이야기를 해준 병사님──의 뒤에서, 동료들이 바다의 나라가 만든 간판을 바위에 내던지고, 짓밟고, 분노를 날리고 있었습니다.

저런 상태로는 서로를 이해한다는 건 어려운 일입니다. 나도 그 정도는 압니다.

일단 할 말이 딱히 없었기 때문에 나는 병사님에게 "힘내세요" 라고 단순하게 응원을 보냈습니다.

병사님은 "고마워" 하고 웃었습니다.

그리고 얼마 후 우리는 젖은 발을 닦고, 신발을 신고서 빗자루에 올라탔습니다.

아직 여행 도중. 강의 땅도 그저 잠시 들렀을 뿐입니다.

병사님들에게 작별 인사를 하자 그들은 웃으면서 "우리도 좋은 휴식이 됐어"라고 답해주었습니다.

아주 좋은 사람들이었습니다.

"저런 얼굴을 바다의 나라 사람들에게도 보여줄 수 있다면 평화로울 텐데."

푸른 하늘 아래의 평원을 빗자루로 날면서 나는 중얼거렸습니다. 같은 빗자루에 걸터앉아 있는 언니가 "그러게" 하고 고개를 끄덕였습니다.

"하지만 좀 어려울지도."

언니는 띄엄띄엄 이야기했습니다.

"한 번 적이라고 생각한 상대한테는 무얼 당해도 악의가 있다고 느껴지잖아. 아마도 상대 나라가 어떤 일을 해 와도 그들은 우선 악의적인 행동이 아닐까 하고 의심하지 않을까?"

설령 평화를 제안해도 그들은 분명 처음엔 "함정인가?" 하고 의심하는 것부터 시작할 테지요. 분쟁의 역사는 서로를 속고 속이는 역사이기도 하며, 상대를 앞지르기 위해 항상 서로 노려보고, 서로 위협하는 탓에 관계는 악화 일로를 걸어가는 것이라고 합니다. 언니는 그런 것을 뭉뚱그려 선입관이라고 한다고 가르쳐 주었습니다.

"그런 건가요?"

"그런 겁니다."

"뭔가 해결 방법 같은 건 없을까요?"

"그건 모른답니다."

"언니, 내 말투를 따라 하지 말아주세요."

우우 하고 볼을 부풀리는 나.

언니는 키득키득 웃으면서 "미안 미안" 하고 말하며 제 어깨에 손을 올렸습니다.

정말이지.

"언니, 다음은 어디 있는 나라로 가고 싶은가요?"

"평화로운 나라가 좋으려나."

"그럼 산의 나라와 바다의 나라는 제외겠네요."

뭔가 서로 다투고 있는 것 같으니까요.

피하는 편이 무난하겠지요.

"아빌리아는 어떤 곳이 좋아?"

"평화로운 나라랍니다."

언니와 마찬가지로.

산의 나라, 바다의 나라와는 달리 우리는 서로 양보하고, 마음을 열고, 서로를 바라보는 눈은 언제나 미소로 가득합니다.

오늘도 뒤를 돌아보면 언제나처럼 웃고 있는 언니의 모습이———.

"저기, 아빌리아."

으으음?

내 이름을 부르는 언니. 그 얼굴이 조금 의아해하는 듯 보였습니다. 눈썹이 내려가고, 왠지 모르게 걱정거리가 있는 듯한 분위기.

"언니, 왜 그래요?"

마치 무언가 중요한 걸 잊어버리기라도 한 것처럼 불안에 찬 얼굴로도 보였습니다. 어떻게 된 걸까요? 조금 전 강의 땅에 뭔가 두고 오기라도 한 걸까요?

"머핀."

"네?"

……뭔가요?

"아빌리아, 아까 먹었던 머핀은 어쨌어?"

고개를 갸웃거리면서 언니는 내 짐에 시선을 주었습니다.

손으로 만져 확인해보는 나. 머핀 봉투가 없어. 으음?! 시선을 돌려 확인해보는 나. 으으음?! 머핀 봉투가, 없어!

"아아아아아아아아아아아아아아아아아아아아아아아아앗!"

아까 머물렀던 강의 땅에 봉투째 두고 완전히 잊어버렸다는 것을 나는 깨달았습니다. 이게 무슨 일인가요!

나 정도 되는 사람이 다른 것도 아니고 간식을 그 자리에 두고 와버리다니……!

"대실패랍니다……!"

"많이 샀는데 말이야."

유감이야 하고 어깨를 움츠리는 언니. 그러고서 "어쩔래? 돌아갈래?" 하고 제안도 해주었습니다.

하지만 나는 생각했습니다.

이제 와 돌아가기에는 강의 땅에서 이미 상당히 멀어졌고, 상당한 시간이 소비될 겁니다. 애초에 돌아가 본들 병사님들이 "오, 머핀 분실물이잖아. 러키" 하고 먹어버렸을지도 모릅니다.

……조금 아깝기는 하지만, 앞으로 나아가는 편이 좋을 겁니다.

나는 한숨을 내쉬면서 말했습니다.

"다음에 가는 나라는 맛있는 머핀이 있는 나라여도 괜찮을까요?"

뒤에서 언니는 "물론이지" 하고 웃었습니다.

적어도 우리 사이에서는 산의 나라와 바다의 나라 같은 다툼은 일어날 것 같지 않았습니다.

○

"어이, 저기 봐! 머핀이 있어!"

동료가 흥분하며 가리켰다. 나도 처음에는 무슨 농담인가 했지만, 분명 틀림없이 머핀 봉투가 강의 땅에 놓여 있었다.

당연하게도 우리는 술렁였다.

숙적인 산의 나라 놈들 소행일 것이 틀림없다. 우리가 만든 간판도 철저하게 파괴되어 있었고, 도발적인 간판이 새로 세워져 있었으니까.

'강의 땅은 산의 나라 영토다.'

그러나 그 옆에는 머핀 봉투가 놓여 있다. 사이즈도 상당하다. 아마도 상당한 양이 들어 있으리라고 추측되었다.

그러나 방심은 금물이다.

머핀을 두고 간 것은 우리의 적이다. 분명 무슨 함정일 것이 틀림없다── 나와 동료들은 아무런 대화를 나누지 않고 같은 결론에 이르렀다.

"……봉투를 열어보자."

나는 경계하면서 동료들을 모으고, 봉투에 손을 댔다.

직후에 우리는 믿을 수 없는 것을 목격하게 되었다.

"이, 이건……!" "어이 어이, 믿을 수가 없어! 진짜 머핀이잖아!" "그것도 가까운 나라의 유명한 가게 거야!" "대체 무슨 일이 일어난 거지?"

글쎄 그곳에 있던 것은 진짜 머핀이었다!

대체 무슨 일이 벌어지고 있는 것인가? 적에게 머핀을 보내다니 들도 보도 못한 일이다. 적어도 지금까지 우리와 산의 나라가 이 강의 땅에 남겨두었던 것은, 모욕적인 간판을 비롯한 수많은 함정이었다.

 그렇다면, 혹시 이것도 어떤 함정인 것인가……?

 나는 생각했다.

 "너희! 성급하게 굴지 마. 먹었다간 좋지 않은 일이 일어날지도 모른다고."

 머핀에 흥분한 동료들을 나는 제지했다.

 동료는 머핀을 하나 손에 들고 진지한 얼굴로 내게 대꾸했다.

 "괜찮아. 유통기한은 문제없어."

 아니 그런 이야기를 하고 있는 게 아닌데.

 "독이 들어 있을지도 모르잖아. 먹지 마."

 "독……이라고……?!"

 동료들이 눈을 크게 뜨고 놀랐다.

 "그런 바보 같은!" "머핀에 독이라고?" "이 비열한 놈들!"

 분노는 순식간에 전파되었고, 우리의 마음은 하나가 되었다. 역시 산의 나라 놈들은 우리의 숙적이다.

 이 강의 땅도 놈들에게서 지켜내야만 한다. 왜냐면 이 영토는 우리의 것이고 머핀 먹고 싶다…….

 꼬르륵하고 배에서 소리가 났다. 그러고 보니 아침부터 원정을 나서 여기까지 오느라 아무것도 먹지 못했다.

 "저기, 하나 정도라면 괜찮지 않을까?"

동료 중 누군가가 말했다.

확실히 독이라고 해도, 소량만이라면 목숨에 별 지장은 없을지
도 모른다…….

"조금씩 먹으면 뭐랄까 그…… 알맞게 몸이 적응하거나 하지
않을까?"

확실히 독은 서서히 적응시켜가면 효과가 미미해진다든가 하
는 말을 들은 적이 있었지…….

보시다시피 우리는 공복 탓에 대체적으로 냉정하다고는 말하
기 어려운 상황이었다.

그러던 때의 일이었다.

"어이, 저길 봐봐."

동료 중 하나가 강의 땅 저쪽── 평원을 가리켰다.

보니 거기에는 마녀가 한 명, 빗자루를 타고서 여행하고 있었다.

"마녀." "여행자인가?" "왠지 한가해 보이는데." "저 녀석한
테 살짝 먹여볼까?"

우리의 마음은 하나가 되었다.

여행 도중.

"어이!"

그런 부르는 소리에 얼떨결에 반응해 샛길로 빠지는 마녀는 대
체 누구일까요?

그렇습니다. 저입니다.

"무슨 일이신가요?"

저를 부른 데에는 상응하는 이유가 있을 테지요? 어쩌면 뭔가 곤란한 상황에 처했는지도 모릅니다. 저를 불러 세워도 괜찮은 겁니까? 저에게 부탁하면 비싼데요? 그런 의기양양한 표정부터 지어 보였습니다만, 그들에게 전해졌는지 어떤지는 미묘한 부분입니다.

"너 지금 배고프지 않아?"

한 병사님이 제게 말했습니다.

실은 여기── 강의 땅이라고 불리는 곳에서 점심시간을 갖고 있었고, 마침 머핀을 먹으려던 참에 제가 지나갔다나요. 모처럼이니까 너도 먹을래? 그들은 봉투를 들어 보이며 말했습니다. 저는 놀랐습니다.

글쎄 그 머핀은 제가 얼마 전까지 머물렀던 나라에서, 사고 싶어도 사지 못했던 것이었습니다──!

"그래도 되나요?"

"되고말고."

이 얼마나 친절한 병사님들인가요. 이것도 평소 행실이 좋기 때문일까요? 저는 저 자신의 청렴결백함에 감사하며 머핀을 하나 손에 들었습니다.

"고맙습니다."

그럼 잘 먹겠습니다── 저는 부드럽게 부풀어 오른 머핀 끄트머리를 한 입 덥석 먹었습니다. 녹을 듯한 단맛이 입안에 천천히 퍼져갔습니다. 이 무슨 행복인가요. 제 얼굴은 우물우물하며 서서히 풀어져 갔습니다.

그런 저를 지켜보듯 바라보는 그들은 꿀꺽 마른침을 삼키고, 물었습니다.

"어, 어때……?"

말할 것까지도 없습니다.

"일품이네요."

"좋았어!"

짝!

제가 대답한 직후에 그들은 마치 내기에서 이기기라도 한 것처럼 하이터치.

뭔가요? 뭔가요? 대체 뭐가 어떻게 된 건가요?

"아니, 미안해. 실은──."

여차여차 저차저차.

그들은 제게 설명했습니다. 말하길 이 머핀은 적국이 두고 간 것이며, 독이 들었을 가능성도 있었다고.

과연, 그렇군요.

"잘도 제게 그런 말을 하는군요."

"하하하! 아무 문제 없었으니까, 됐잖아."

당신들 혹시 들키지 않으면 범죄를 저질러도 오케이 같은 사고 회로의 소유자입니까?

이 얼마나 비열한 사람들인가요. 저를 본받았으면 좋겠군요. 허리에 척 손을 올리고, 그야말로 화났거든요 하고 어필하는 저.

그 후 그들은 안전하다는 걸 알게 된 머핀을 차례차례 봉투에서 꺼내고 강의 땅에 얽힌 이야기를 제게 들려주었습니다.

말하길 그들은 오래전부터 산의 나라와 분쟁을 계속하며, 언제나 서로 으르렁거려 왔다고 합니다.

"언제가 시작이었는지는 몰라. 산의 나라 놈들은 언제나 이 땅에서 우리에 대한 모욕적인 행위를 반복해왔지. 그때마다 우리도 또 되갚아줬어. 당한 만큼 갚아주는 게 우리 일상이야."

흐르는 강은 바다로 직접 이어져 있으니 강의 땅은 바다의 것이며, 요컨대 바다의 나라 영토다. 그것이 그들의 주장이었습니다.

"산의 나라는 어떤 곳인가요?"

두 개째 머핀을 먹으면서 저는 물었습니다.

"여기서 북쪽으로 나아간 곳에 있는 나라야."

한 병사님이 답해주었습니다.

"우리나라와 다르게 바다가 없고, 자원도 산에서 나는 것밖에 없어. 재미없는 나라야."

과연? 즉 별로 좋지 않은 나라라는 것일까요?

제가 흠흠 하고 생각에 잠겨 있으려니, 병사님 중 누군가가 말했습니다.

"하지만 여름철엔 꽤 시원해서 지내기 좋겠지."

그 말에 누군가가 고개를 끄덕였습니다.

"맞아, 우리나라는 여름철엔 진짜 더우니까." "산나물도 제법 맛있다고."

머핀을 한 손에 들고 이야기를 나누는 그들의 어조는 하나 같이 온화했습니다. 싸우는 중인 나라에 관해 이야기하고 있다고 하기에는 화기애애해서 마치 여행지에서의 추억을 서로 이야기하고 있는 듯 스스럼이 없었습니다.

"······싫어하는 나라인 거 아닌가요?"

그래서 싸우고 있는 거잖아요? 저는 그들에게 물었습니다.

그러자 그들은 "그렇지" 하고 고개를 끄덕이고.

"뭐, 싫기는 싫지── 하지만 이 머핀을 두고 간 센스만큼은 칭찬해줄 수 있어."

그렇게 답했습니다.

상당히 맛있었나 봅니다. 머핀 봉투를 바라보는 시선은 하나같이 만족스러워 보였습니다.

"그래서, 답례로는 뭘 보낼 생각입니까?"

"답례라고?"

제 말에 병사 중 한 사람이 놀랐습니다.

"마녀님, 그런 이상한 말 하지 마. 놈들은 적이야. 답례 같은 건 할 생각 없어."

"모처럼 배불리 먹게 해줬는데요?"

그건 조금 실례가 아닌가요? 저는 "아아, 산의 나라 사람들이 불쌍해······"라고 말하고 싶은 듯한 분위기를 듬뿍 담아서 허리에 손을 올렸습니다.

그 결과 그들은 몹시 거북해하며 시선을 돌렸습니다.

아마도 자각은 있을 테지요.

"화, 확실히······ 받기만 하는 것도 성격에 안 맞아. 우리는 당한 만큼 갚아왔으니까······."

하지만.

병사 중 한 사람이 중얼거렸습니다.

"지금부터 사 와서 선물을 준비하기엔 시간이 좀 없는데……."

그들은 강의 땅 감시를 위해 파견된 병사들. 선물을 사기 위해 다른 나라에 들를 시간은 없습니다.

과연, 그렇군요.

그렇다면 한가한 사람이 나설 차례가 아닐까요? 구체적으로 말하자면 여행하는 마녀라든가.

"괜찮다면 사다 드릴까요?"

저는 단적으로 제안했습니다. 그들은 놀라 눈을 동그랗게 뜨면서 "괜찮겠어?"라며 적극적으로 반응했습니다.

네 물론 괜찮고 말고요.

"수수료는 듬뿍 받겠지만요."

"뭐라고?"

그들은 놀랐습니다.

"우리를 이용해서 돈벌이를 할 셈이야?!" "치사하다고!"

불만의 목소리가 여기저기서 날아들었습니다.

이런 이런 의외로군요.

"당하면 갚아주는 여러분에게 배웠을 뿐입니다."

머핀의 독 유무 판별에 이용당한 대신, 제 돈벌이에도 협력해 주셔야겠습니다——라고.

저는 생긋 웃으면서 그들에게 이야기해드렸습니다.

○

──전에 이야기한 대로, 우리나라와 바다의 나라는 옛날부터 항쟁을 반복하고 있었다. 당하면 갚아주는 것이 우리의 일상이다.

며칠 전에도 놈들이 이상한 간판을 세워뒀길래, 우리는 그걸 부수고 새로운 간판을 세워놓았다.

'강의 땅은 산의 나라 영토다'라고.

그리고 오늘 다시 보러 왔더니 이렇게 되어 있었다.

이쪽은 도발을 했는데, 이게 어떻게 된 거지?

대체 어째서 음식과 술이 높여 있지?

덤으로 편지까지 동봉되어 있다.

'지난번에 받은 머핀, 아주 맛있었습니다. 이건 답례입니다──바다의 나라로부터.'

우리는 머핀 같은 걸 선물한 기억이 없는데.

분명 그때 함께 있었던 여행하는 자매가 먹었던 것 같기는 한데…….

아무튼, 우리는 이 상황이 몹시도 이상했다.

아가씨, 당신 여행하는 마녀지?

이걸 보고 어떻게 생각하지?

이상하단 표정을 지으며 묻는 산의 나라 병사님들.

강의 땅이라 불리는 국경── 두 개의 나라가 두고 다투는 영토에는 많은 술과 고기. 그리고 과자가 놓여 있었습니다.

그들에게 있어서는 숙적일 터인 바다의 나라에서 갑자기 보내온 선물. 당혹스러움을 감출 수 없었던 것일 테지요.

내가 혼자 여유롭게 여행하고 있던 때, 일부러 불러 세워서 의견을 요구해 왔습니다.

"흐으음……."

많은 선물, 그리고 편지를 바라보면서 나는 잠시 생각했습니다.

아마도 선물을 산 것은 바다의 나라 병사가 아닐 겁니다. 음식과 술 옆에는 꽃이 곁들여져 있었고, 편지의 편지지도 조금 귀여운 디자인. 글씨도 작고 예쁜 것이, 분명 마음씨가 아름답고 얼굴도 아름다운 그야말로 유일무이한 미소녀이리라는 것을 쉽게 상상할 수 있었습니다.

"우리는 함정이지 않을까 싶은데, 너는 어떻게 생각하지?"

병사님은 나를 향해 고개를 갸웃해 보였습니다.

아니 아니 설마요. 나는 황당해서 웃고 말았습니다.

"이런, 병사님. 이렇게 예쁜 글씨를 쓰는 사람이 그런 비열한 짓을 하는 사람일 리가 없잖아요."

"무슨 소리를 하는 거야?"

"이 편지를 쓴 사람은 자애 넘치는 아름다운 마음과 얼굴의 소유자인 게 틀림없습니다…… 나는 알 수 있어요."

"진짜로 무슨 소리를 하는 거야?"

"자, 냄새를 맡아보세요……. 엄청나게 좋은 냄새가 나요……."

"편지에서 좋은 냄새라고? 어디──."

"멈추세요!"

찰싹! 나는 병사님의 어깨를 때리면서 말했습니다.

"이 편지의 냄새는 저만의 것이에요! 안 줄 거예요!"

"넌 대체 뭐야."

맡아보라고 한 건 너잖아! 하고 당황스러워하는 병사님. 뭐, 그런 사소한 건 어찌 되든 상관없습니다.

나는 편지를 접으면서 놓여 있던 선물들로 시선을 돌렸습니다.

"걱정하지 않아도 됩니다. 아마도 여기에 있는 건 전부 평범한 선물일 겁니다."

"뭔가 근거가 있는 거야?"

"이 선물에서는 사랑이 느껴집니다──."

"이거, 이 애를 불러 세운 게 실수였어."

노골적으로 유감스러워하는 표정을 짓는 병사님들. 실례잖아요! 나는 이래 봬도 마법 총괄 협회에 소속된 마녀라고요!

"뭐, 농담은 여기까지 하고."

나는 말했습니다.

"이야기를 들은 느낌으론, 머핀을 먹었던 여행자분들이 잊어버리고 간 게 아닐까요?"

바다의 나라 병사님들은 그 머핀을 산의 나라 병사님들이 선물해준 거라고 오해. 가까이에 있던 여행자에게 답례품 고르는 걸 도와달라고 부탁했다── 대체로 이런 흐름이 아닐까요?

단순한 시선으로 상황을 정리해보면 누구라도 간단히 도달할 수 있는 결론이라고 생각합니다만.

"으음…… 정말로 그런 걸까……?" "좀 수상……쩍지?" "하지만 맛있어 보이는데……." "술 마시고 싶다……."

그러나 내 말에 병사님들은 고개를 갸우뚱하며 미묘한 표정을 지을 뿐.

눈앞의 매력적인 선물에 관한 관심과 병사로서의 자존심이 엎치락뒤치락하고 있는 듯한 분위기로 가득했습니다.

오랜 세월에 걸쳐 서로 싸워온 역사에 두 나라 사람들의 마음은 굳어지고 말았나 봅니다.

정말이지 어쩔 수 없군요.

이건 내가 팔을 걷어붙이고 나서 보죠.

다른 이야기입니다만, 나 오늘 아침부터 아무것도 못 먹었거든요.

"여러분이 안 드시겠다면 내가 먹겠습니다!"

나는 바로 선물 쪽으로 달려갔습니다. 선선한 그늘 아래 놓여 있던 여러 음식들. 장기 보존할 수 있는 것만 골라져 있었고, 모래나 먼지가 묻지 않도록 정성스럽게 포장되어 있었습니다.

후후후…… 뭐부터 먹을까요.

나는 칠칠치 못하게 헤벌쭉한 얼굴로 포장을 하나하나 벗겼습니다.

"어, 어이……! 저 애, 선물을 전부 혼자 먹을 셈이야!" "그렇게 둘 순 없지!" "그건 우리 거라고!" "술 줘, 술!"

내 뒤를 따라, 병사님들이 다급한 모습으로 이쪽을 향해 달려왔습니다.

"이건 내 겁니다! 안 줄 거예요!"

손대지 말아주세요! 그렇게 나도 그들에게 응전. 그 결과, 병사님들과 뺏고 뺏기는 것 같은 형태로 나는 아침 식사를 하게 되었습니다.

배는 금방 찼습니다.

나와 다르게 술에까지 손을 댄 병사님들은 그 후 얼굴까지 빨개져서 웃고, 떠들고, 만족한 모습으로 그 자리에서 편하게 시간을 보내기 시작했습니다.

거기에 적국에 대한 원망의 감정은 없었습니다.

어쩌면 이 장소를 줄곧 오가던 그들에게는 이미 오래전에 적국에 대한 원망의 감정 같은 건 사라졌는지도 모릅니다.

"그나저나, 오해였다고는 해도 선물을 받은 거야. 앞으로 어떻게 해야 할지 생각해야만 하겠어……"

숨을 내쉬고, 강의 땅을 바라보면서 병사님 중 한 사람이 말했습니다.

생각해야만 한다고 말씀하신들.

해야 할 일은 하나일 테지요.

나는 대답했습니다.

당하면 갚아주는 것이 우리의 일상이었다──라는 말을 본받아서.

"오해를 받았다면 오해해서 갚아주면 어떤가요?"

쭉, 언제까지고.

이렇게 서로 계속해서 오해할 수 있다면, 그것이 제일이지 않을까요?

©Azure

바다의 나라와 산의 나라, 그 양쪽의 딱 중간에 위치하는 강의 땅은 아주 오래전부터 양국이 두고 다투고 있다고 합니다.

쌍방의 나라가 서로 '여기는 우리나라의 영토다'라는 주장을 굽히지 않았습니다. 항쟁은 언제까지고 계속되었습니다.

그리고 지금도 계속되고 있다고 합니다.

하지만 신기하게도 요즘 들어서는 그다지 싸우는 것처럼은 보이지 않는다고 합니다.

최근 두 나라를 오간 상인분이 가르쳐주었습니다.

강의 땅으로 향하는 병사들은 언제나 많은 짐을 챙겨 들고서, 즐거운 모습으로 나라를 나선다고 합니다.

대체 어째서일까요.

싸우고 있을 텐데 이상한 이야기야, 하고 상인분은 고개를 갸웃거렸습니다.

"정말로 싸우고 있는 걸까요?"

혹시 어떤 오해를 하고 있는 게 아닐까요?

저는 웃으면서 상인분에게 답했습니다.

제3장

주위가 온통 연한 녹색인 평원에 강이 흐르고 있었습니다.

일렁이는 수면은 투명해서 푸른 하늘과 햇볕을 반사해 반짝반짝 빛나 보였습니다. 만져보면 살짝 차가워서, 아직 겨울의 추위가 남아 있는 것만 같았습니다.

"기분 좋네요."

강가에서 몸을 일으키며 손수건을 꺼내는 것은 한 여성.

그것은 정말이지 아주 아름답고 현명하고 멋진 마녀였습니다.

머리카락은 잿빛, 눈동자는 유리색. 몸에 걸친 로브는 검정. 삼각 모자도 검정. 그리고 손을 닦는 손수건은 흰색 레이스.

이동하면서 아침밥으로 먹은 빵 냄새를 지우기 위해 강물로 손을 씻은 다음, 그녀는 옆에 놓아두었던 빗자루에 걸터앉았습니다.

그러고서 땅을 박차고, 그녀는 유유히 날기 시작했습니다.

강의 흐름을 따라 나아가는 그녀.

명확한 목적지도 없이, 이대로 나아가면 사람이 있는 곳에 다다르겠거니 하는 가벼운 마음으로 나아가고 있을 뿐인 그녀는 마녀이자, 여행자이기도 했습니다.

나아간 이 앞에는 어떤 만남과 이별이 있을까요?

하늘을 나는 그녀는 뺨을 누그러뜨렸습니다.

이 얼마나 아름다운 얼굴인가요. 누가 보아도, 어디서 어떻게 보아도 멋진 분위기밖에 없는 그녀는 대체 누구일까요?

그렇습니다. 저입니다.

"으으음?"

그리고 멋진 저는 빗자루에 탄 지 1분도 안 되어 고개를 갸웃거리게 되었습니다.

시선을 보낸 방향, 강을 따라 내려간 곳에 마차가 한 대. 그리고 여러 사람이 모여 있는 모습이 보였던 것입니다.

휴식 중인 상인이나 그런 걸까요? 그리 생각하자마자, 저는 강가에 모인 그들에게서 불온한 기척을 감지했습니다.

그러한 이유로 으으음 하고 갸웃거렸던 것입니다.

"싫어! 이거 놔!"

한 사람은 10대 후반 정도의 소녀였습니다. 머리카락은 연노랑. 곱슬기 없이 쭉 뻗은 머리카락이 어깨에 닿았습니다. 몸에 걸친 것은 봄다운 롱스커트와 스웨터. 결코 화려하지 않지만 지나치게 수수하지도 않은, 초봄이라면 어디서나 볼 수 있을 법한 평범한 차림이라고 할 수 있었습니다.

하지만 그녀의 상황은 평범하다고는 말하기 어려웠고, 짙은 갈색 눈동자에는 공포가 드러나 있었습니다.

"헤헤헤…… 얌전히 있어."

"소리 질러 봤자 아무도 구하러 안 와."

"험한 꼴 당하고 싶지 않으면…… 알지?"

그녀의 손을 잡고 으헤헤 하고 웃는 남자들은 척 보기에도 악당 그 자체. 사정은 잘 모르겠지만 아무래도 남자들이 여자아이를 덮치고 있다는 것만큼은 누가 보아도 명백.

너무나도 흔하고 지나치게 알기 쉬운 상황을 앞에 두고, 저는 빗자루를 내리며 이런 이런 하고 어깨를 으쓱이기에 이르렀습니다.

눈앞에서 소란을 부리면 모처럼의 좋은 기분과 경치가 엉망이 되어버립니다.

그리고 오늘은 일진도 좋아서인지 기분이 둥실둥실 들떠 있었기 때문에, 저는 낯선 여성을 구하기 위해 빗자루를 천천히 내렸습니다.

"당신들."

인사라도 하듯 평온하게 등 뒤에서 남성들에게 말을 거는 저.

그들은 갑작스러운 상황에 살짝 놀라면서도 돌아보았고 "어엉?" 하고 미간을 찌푸렸습니다.

"이 자식, 뭘 봐?" "외지인인가?" "끼어들지 마."

저를 노려보는 눈은 험악했고, 노골적인 적의로 가득했습니다.

어머나, 무서워라.

혹시 제 가슴께에 달려 있는 브로치가 눈에 들어오지 않는 걸까요?

"저는 재의 마녀 일레이나. 여행자입니다."

간단명료하게 인사하면서 저는 지팡이를 꺼냈습니다.

"여럿이서 여성 한 명을 위협하다니, 좀 추하다고 생각하지 않나요?"

그녀에게서 떨어지지 않으면 마법을 날려버릴 겁니다, 라는 뉘앙스를 담아서 저는 말했습니다. 마녀와 일반 남성 세 사람으로는 전력 차는 확실. 제대로 맞붙어도 그들에게 승산은 없습니다.

"흐응, 외지인이 주제넘게 나서지 마."

그러나.

어쩌면 그들은 마법사라는 존재조차 일반적이지 않을 정도의 시골에서 살고 있는지도 모릅니다.

"아니면, 너부터 험한 꼴을 당하고 싶은 거야?" "얼굴이 꽤 귀여운데. 헤헤⋯⋯."

그들은 히죽히죽 웃으면서 나란히 제 빗자루 쪽으로 천천히, 한발 한발 걸음을 옮기기 시작했습니다.

포위하면 이길 수 있다고 생각했는지도 모릅니다.

"어머나, 추해라."

탄식하면서 저는 지팡이 끝에 마력을 실었습니다.

무서운 걸 모르는 그들에게는 조금 따끔한 맛을 보여주는 편이 좋을지도 모릅니다.

식후에 운동도 하지 않았으니, 딱 적당하겠군요.

"제게 접근한 걸, 후회하지 말아 주세요——."

그들 세 사람을 충분히 끌어들인 후에 저는 "에잇" 하고 지팡이를 휘둘렀습니다.

그것은 초록이 무성한 계절이 바뀌는 시기, 초봄의 일. 바람은 차갑고, 한낮의 햇볕은 따뜻하고, 왠지 모르게 옷을 얇게 입고 지내게 되기 쉬운 날들의 한 장면.

부드럽게 날아든 바람이 제 코를 간질였습니다.

"——엣취!"

그리고 지팡이를 휘두른 직후의 일.

저는 있는 힘껏 재채기를 했습니다.

즉, 정확했던 조준이 완전히 어긋나 버렸던 것입니다. 깨달았을 무렵엔 제가 날린 마법은 남자들의 후방으로 힘차게 직진하고 있었습니다.

이 무슨 일인가요.

"헤헤헤……." "어딜 노리는 거야?"

남자들이 기다렸다는 듯이 비열하게 웃음 지었습니다.

참고로 그들의 후방, 제 마법이 운 나쁘게 돌진해 간 곳에는, 바로 조금 전까지 위협을 당하던 여성이 무사태평한 모습으로 서 있었습니다.

"——어?"

그런 그녀의 목소리가 들린 것과 거의 동시에 제가 날린 마력 덩어리가 머리에 있는 힘껏 직격했습니다.

파앙! 하는 기분 좋은 소리가 강가에 울려 퍼졌습니다.

"끄아아아아아아아아아아아아아아아아아아악!"

남성 세 명에게 둘러싸여 있던 때보다도 비통한 비명을 지르면서 그녀는 그대로 날려갔습니다. 아마도 대략 몸 하나분 만큼 날아가지 않았을까요?

허공을 날아간 그녀는 그대로 강 속으로 다이브 했습니다.

첨벙——하고 물보라가 화려하게 피어올랐습니다.

"…………."

저는 아연실색하며 그 모습을 바라보았고.

"…………."

그러고서 남성 3인조가 "너 뭔 짓을 한 거야……?" 같은 말을 하고 싶은 듯한 얼굴로 이쪽을 바라보았습니다.

…………

뭘 보는 겁니까? 이 자식들아.

○

"흐에에에에에에에에에에에에엥……."

구출된 소녀는 당연하게도 호쾌하게 울었습니다. 흐르는 눈물. 쫄딱 젖은 옷과 얼굴. 그것참 어디서부터 어디까지가 눈물인지 전혀 모르겠네요.

"너무해요…… 어째서 저만 이런 꼴을……."

초봄의 약간 차가운 물에 온몸으로 들어가 잠긴 그녀의 몸은 아주 살짝 떨리고 있었습니다. 어머나 세상에. 우선은 따뜻하게 해 드려야겠군요. 그렇게 생각한 직후에 그녀의 어깨에 겉옷이 걸쳐 졌습니다.

남성 세 명에 의해.

"어, 어이, 괜찮아?" "다치진 않았어?" "날벼락을 맞았네."

어쩔 줄 몰라 하며 소녀를 걱정하는 남성 세 명.

…………

제가 나쁜 사람처럼 되었는데요…….

"우, 우리는 용건이 좀 생각나서 이만 가볼게." "뭔가 미안해." "그 겉옷 줄게. 감기 걸리지 마."

몹시 친절해졌어…….

그러고서 남자 세 명은 허둥지둥 마차에 올라타더니 바람처럼 사라져버렸습니다.

"엇? 어? 두고 가지 말아주세요."

…………..

제가 몹쓸 사람처럼 되었는데요…….

"두, 둘만 남겨두지 말아요오오오오오오!"

이어서 소녀는 도움을 청하듯이 손을 뻗으면서 그들 뒤를 쫓아 갔습니다. 그러나 마차는 그런 그녀에게서 도망치듯이 풀꽃을 짓 밟으며 달려갔고, 결국 그녀는 평원 한가운데에 오도카니 남겨지 게 되었습니다.

…………..

"저기."

그렇게 뒤에서 말을 거는 저.

"히이이이이이익!"

두려워하며 뒤를 돌아보는 그녀.

"무, 무무무무무슨 일인가요오오오? 저한테 무슨 짓을 할 셈인 가요오오……."

그 모습은 마치 짐승의 날카로운 시선을 받고 있는 소동물 같 았습니다. 살짝 건드리기만 해도 기절해버릴 듯한 연약함으로 가 득했습니다.

최대한 그녀를 자극하지 않도록 신중하게 말을 고르기로 하죠. 우선은 자기소개부터 해야겠군요.

"당신 이름은?"

"제, 제 이름을 알아서 어쩔 셈인가요오오……?"

새파랗게 질린 그녀.

"묘비에 이름을 새기려는 건가요……?"

"제가 그런 위험한 인간으로 보이는 겁니까?"

"그, 그게, 초면에 갑자기 마법을 쐈으니까……"

"그건 손이 좀 미끄러졌을 뿐입니다……."

미안하다니까요…… 하고 사과하면서 달래는 저.

그녀가 마음을 열어주기까지는 그 후로 조금 더 시간이 걸렸습니다.

그녀는 이윽고, 여전히 겁먹은 모습을 보이면서도 입을 열어주었습니다.

"……제, 제 이름은 플로렌스라고 해요."

과연, 플로렌스 씨라고 하는군요.

"좋은 이름이군요."

"……호, 혹시 유혹하는 건가요?"

"죄송합니다 방금 그건 저도 좀 실언이었다고 생각했습니다."

센스 있는 말을 던지려 한 결과 오히려 경계심을 높여버리고 말았나 봅니다.

"이 근처에 사는 사람인가요?"

"제, 제 주소를 알아서 어쩔 셈인가요……?"

"데려다줄 셈입니다만?"

"그, 그그, 그렇게 방심시켜 놓고서 저를 납치하려는 건가요……?!"

"저 그런 형편없는 인간으로 보이는 겁니까?"

너무나도 심한 경계심에 조금 어이없어하면서도 재의 마녀, 일레이나라고 이름을 밝힌 후, 자신의 신분──자신은 여행자라는 것과 목적지는 딱히 정해져 있지 않다는 것──을 전하고, 혹시 인근 주민이라면 가는 김에 바래다주고 싶다고 말했습니다.

강에 떨어뜨려 버린 것에 대한 최소한의 속죄입니다.

한바탕 설명을 하고 난 후에야 그녀는 겨우 납득해주었습니다.

"틀림없이 꿍꿍이가 있는 거라고 생각했어요……."

안심하며 가슴을 쓸어내리는 플로렌스 씨.

"그래서, 어떻게 하시겠습니까? 타겠어요? 저는 딱히 어느 쪽이든 상관없습니다만."

제 언동은 요약해보면 "거절한다면 두고 갈 겁니다"라는 의미이기도 했으며, 그 결과 그녀는 허둥지둥 제 쪽으로 다가왔습니다.

"타, 탈게요, 타겠습니다! 태워주세요!"

이리하여 저희는 둘이서 빗자루를 타고 하늘을 둥실 날아갔습니다.

예상대로, 아무래도 그녀는 마법사라는 존재 자체가 드문 지역에서 살고 있는 모양이었습니다.

"와, 와아……!"

빗자루 위, 매달리듯이 제 배에 팔을 두르고 있는 그녀의 표정에서 긴장과 경계심이 풀려갔습니다. 대신해 떠오른 것은 놀라움과 감동. 눈 아래를 지나가는 풀꽃을 바라보면서 그녀는 어렴풋

이 웃었습니다.

"마법이란 건 대단하네요……!"

"후후후, 그렇고말고요."

뽐내는 표정을 짓는 저. 이쯤에서 그녀의 긴장도 풀렸고, 자신의 신상에 관해서도 들려주게 되었습니다.

말하길 그녀는 이 근처의 작은 마을에서 살고 있다고 합니다.

조금 전의 남성 3인조는 얼마 전 마을에 나타난 상인들. 마을에서 곤란해하고 있기에 "무슨 일인가요?" 하고 말을 걸었더니, 그들은 일손이 부족해서 곤란하다고 답했고, 그렇다면 하고 그녀는 돕겠다고 나섰다고 합니다.

하지만 아마도 전부 그들의 책략이었을 테지요. 마을을 벗어난 곳에서 마차에서 내려졌고, 습격당할 뻔했다——.

빗자루 뒤에 올라타서, 그리고 평원 위를 나아가면서 그녀는 그렇게 말해주었습니다.

"위험했네요."

"마녀님—— 일레이나 씨가 오지 않았다면 큰일 날 뻔했어요."

"뭐, 그 대신에 다른 의미에서 큰일을 당하고 말았지만요."

"남자에게 습격당하는 것보다는 나아요."

습격당하는 것뿐이라면 또 몰라도 끌려갔을 가능성도 있었다며 그녀는 어깨를 떨었습니다.

저였다면 애초에 플로렌스 씨와 같은 장면을 마주쳤어도 남성들에게 말을 거는 일은 없었을 거라고 생각합니다만.

"평소에도 주변 사람들을 자주 도와주나요?"

질문하는 저.

처음 보는 상인들에게 말을 걸고, 심지어 함께 마차에 올라타 도우려 하다니, 좋은 사람이 아닐 리 없습니다.

예상대로 그녀는 고개를 끄덕였습니다.

"그러네요…… 제가 먼저 제안하는 경우도 있고, 남에게 부탁받는 경우도 있어요."

"남에게 좋은 얼굴만 보이고 있으면 이용당하고 말 겁니다."

"…………."

한순간의 침묵.

그 후에 플로렌스 씨는 중얼거렸습니다.

"……저, 요리도 보통이고, 재봉이나 청소도, 공부도 최저한밖에 못 하고, 딱히 이렇다 할 재능도 없고── 누구라도 할 수 있는 것밖에 못 해요."

그러니까 적어도 타인을 돕자, 라는 건가요?

말하고자 하는 바는 이해했습니다.

"주변 사람들은 분명 기뻐하겠네요."

"네. 착하구나라는 말을 자주 들어요."

아마도, 저한테는 그 착한 것 말고는 장점이 없다고 생각해요── 그녀는 중얼거리고 고개를 떨궜습니다.

저희 두 사람을 태운 그림자가 풀꽃 위를 달려갔습니다.

"저한테도, 마법 같은 특별한 재능이 하나라도 있다면 좋았을 텐데……."

그러면 더 큰 도시에서 살 수 있었을지도 모르는데── 사라질 듯한 목소리가, 제 귀에 닿았습니다.

"본인 고향을 싫어하나요?"

"싫지는 않아요. 그저, 제 고향은 아무것도 없거든요."

플로렌스 씨는 자조하듯이 웃고 있었습니다.

"…………."

나와 마찬가지로, 아무것도 없다——그녀의 안색은 그런 식으로 말하고 있는 것처럼도 보였습니다.

위로해주는 편이 좋을까요?

하지만 그렇게 센스 있는 말을 머릿속에서 찾는 사이에, 저희는 그녀의 고향인 작은 마을에 도착했습니다.

●

"데려다주셔서 감사합니다——."

빗자루에서 내린 플로렌스는 여행하는 마녀에게 인사했습니다. 일레이나라고 자신을 소개한 잿빛 머리카락의 마녀는 "천만에요"라고 가볍게 손을 흔들면서 "그럼, 저는 나라 관광이라도 할게요"라며 문 너머, 마을 안으로 걸음을 옮겼습니다.

그 뒷모습을 바라보면서 플로렌스는 그저 부럽다고 느꼈습니다.

분명 어릴 때부터 노력해서 마법을 잘 다룰 수 있게 되었을 테지요. 갈고닦은 재능은 자신감 넘치는 뒷모습에 나타나고 있었습니다.

좋겠다, 나도 마법을 쓸 수 있는 사람이었다면 좋았을 텐데.

혼자 남겨진 플로렌스는 익숙한 마을을 걸었습니다. 자연스럽게 한숨이 새어 나오는 것은 자신과 정반대의 인간을 보았기 때문일 테지요.

어릴 때부터, 그녀한테는 아무런 재능도 없었습니다.

공부도 운동도 옛날부터 그리 잘하지 못했습니다. 언제나 성적은 딱 중간 정도. 많은 학생이 틀리는 부분에서 마찬가지로 틀리고, 감점당하고, 돌아온 답안지는 좋을 것도 없고 나쁠 것도 없고. 눈에 띄게 두드러지는 부분이 없고, 선생님의 평가는 예전부터 "얌전하고 착한 학생입니다"뿐. 좋게 말하자면 손이 가지 않고, 나쁘게 말하자면 재미없는 학생. 하지만 누구에게도 지적받는 일은 없습니다. 아무도 그녀에게 그다지 흥미가 없으니까.

그녀는 언제나 무리 한쪽에서 웃고 있는 아이였습니다. 딱히 소외당하는 것도 아니고, 친구도 다소는 있었습니다. 하지만 지금 와서 생각해보면 그저 같이 있었을 뿐, 친구는 아니었습니다. 졸업과 동시에 누구와도 만나지 않게 되었습니다.

지금은 마을에 있는 작은 레스토랑에서 일하고 있습니다. 하지만 이 일도 결국은 누구라도 할 수 있는 것을 당연하게 하고 있을 뿐. 작은 마을 한쪽에서, 변함없이 있어도 없어도 달라질 것 없는 존재인 채로 그저 살아 있을 뿐.

그래서 그녀는 언제나 바랐습니다.

"나도 특별한 힘이 있으면 좋을 텐데……."

누군가의 눈에 띄려면, 분명 특별한 힘이 있어야만 할 테지요.

학교 안에서 언제나 무리 중심에 있던 아이들은 전부 특별한 재능을 갖고 있었습니다. 이야기를 재미있게 하거나, 운동이 특기거나, 공부를 잘하거나, 얼굴이 특별히 잘생기거나, 그림을 잘 그리거나, 사람을 모으는 것이 특기거나.

그리고 특별한 힘을 가진 이들은 모두 졸업과 동시에 마을에서 나가버렸습니다. 눈부신 재능을 가진 젊은이에게 시골의 작은 마을은 너무 좁은지도 모릅니다.

"나도 도시에 가고 싶다……."

마을에 남겨진 플로렌스는 중얼거리면서 집으로 돌아갔습니다.

특별한 재능을 가진 누군가가 되고 싶다고 언제나 바랐습니다.

하지만 그녀는 자신에게 아무런 재능도 없다는 것만은 이해하고 있었습니다.

공부를 해도, 그림을 그려보아도, 운동을 해봐도, 화장을 해봐도, 보통 이상이 되는 일은 없었습니다.

무언가를 바랄 때마다, 노력할 때마다, 자신에게는 아무것도 없다는 사실을 통감했습니다. 무얼 해도 자신보다 더 잘하는 사람이 있다며, 그녀는 점점 특별한 재능을 원하는 것을 그만두었습니다.

"아."

우뚝 멈춰 서는 플로렌스. 시선 끝에는 마당 손질을 하고 있는 노파의 모습이 있었습니다. 인근 주민, 아는 얼굴. 노파는 땀을 훔치면서 묵묵히 작업을 하고 있었지만, 그 표정은 왠지 모르게 괴로워 보였습니다.

'그러고 보니 얼마 전에 허리를 다쳤다고 했었지…….'

분명 무리를 하면서도 정원 손질을 하고 있는 것일 테지요. 플로렌스는 노파 옆으로 달려가 "도와드릴게요"라고 말을 걸었습니다.

"어머, 플로렌스구나. 괜찮겠니? 미안하구나."

노파의 기뻐하는 얼굴이 이쪽을 향했습니다.

당연하죠, 쉬고 계세요. 말을 걸면서 플로렌스는 남은 작업을 대신해주었습니다.

평소와 같습니다.

특별한 재능이 없는 자신이 할 수 있는 것은 그저, 누구라도 할 수 있는 일을 조금이라도 많이 하는 것밖에 없습니다.

남의 눈에 띌 수 있는 방법은 이것밖에 없다고 생각했던 것입니다.

그래서 그녀는 언제나 다른 사람만 보고 있었습니다.

곤란해하는 사람 곁으로는 바로 달려갔습니다.

예를 들면 옆집 지붕이 망가졌을 때.

플로렌스는 집주인인 할아버지 대신에 지붕으로 올라갔습니다.

"그것참, 미안하구나. 플로렌스야. 요즘 비가 좀 심하게 새서……."

"아뇨 아뇨, 괜찮아요……! 열심히 할게요……!"

지붕 수리는 처음이 아니었습니다. 익숙한 손놀림으로 그녀는 작업하고, 망가진 지붕을 원래대로 고쳤습니다.

언제나 주변 사람을 보고 있었습니다.

"아, 꼬마야. 잠깐만. 옷에 구멍이 났어."

플로렌스가 불러 세운 것은 근처에 사는 작은 남자아이. 신나게 놀았나 봅니다. 무릎 주변에 구멍이 나 있었습니다.

"꿰매줄게."

언제나 가지고 다니는 가방에서 재봉 도구를 꺼내 그 자리에서 솜씨 좋게 꿰매주었습니다.

"와아. 고마워!"

남자아이는 기쁜 듯이 웃고, 달려가 버렸습니다.

언젠가 작은 마을에서 넓은 세계로 여행을 떠날 날을 꿈꾸며, 그녀는 언제나 누구라도 할 수 있는 일을 조금이라도 많이 해냈습니다.

어느 날 아침, 플로렌스는 마을 광장에서 노점을 운영하고 있는 청과점으로 짐 나르는 일을 도왔습니다. 언제부터 일을 돕게 되었는지는 확실치 않습니다. 어쩌다 보니 돕게 되었고, 어느샌가 그것이 습관이 되어 있었던 것입니다.

"저기, 플로렌스. 너 말이야, 지금 한가하니?"

물건을 반입하는 작업 중에 그녀의 어깨에 손을 올리는 여성이 한 사람 있었습니다.

"아, 에르나."

대량의 나무 상자를 안아 들고 걷던 플로렌스는 기쁜 얼굴로 그녀를 보았습니다.

에르나.

같은 학교에 다녔던 동급생. 학창 시절엔 특별히 친하지 않았지만, 졸업 후에 마을 여기저기에서 남들을 돕게 된 후부터 때때로 얼굴을 마주하게 된 지인입니다.

좁은 마을에서 살고 있는 플로렌스와 달리, 상인이 되어 나라에서 나라를 오가고 있는 그녀는 동경하는 존재이기도 했습니다.

"지금은 노점 일을 돕고 있는 중인데, 금방 한가해질 거야."

웃어 보이는 플로렌스. 에르나는 "그래" 하고 끄덕이고.

"그럼, 다음엔 내 일을 도와줄래? 일손이 부족해서 말이야."

"으, 응! 그래."

플로렌스는 부탁을 받으면 거절할 줄 몰랐습니다.

"고마워. 역시 너는 착하구나."

에르나는 웃었고, 그리고 둘이 실린 짐을 내렸습니다.

솔선해서 타인을 돕고, 부탁받으면 반드시 고개를 끄덕이는 플로렌스에게 사람들은 하나같이 감사 인사를 했습니다.

마당 손질을 도와준 후, 노파는 말했습니다.

"정말로 플로렌스는 착하구나."

지붕을 수리해준 후, 할아버지는 말했습니다.

"착하구나."

구멍 뚫린 옷을 고쳐준 후, 짐 반입을 도운 후── 마을 사람들은 언제나 그녀에게 같은 말을 던집니다.

"착하다."

분명 특별한 재능이 없는 자신에게는, 착한 것만이 유일한 장점이라고 느꼈습니다.

"…………."

그런 날들 중. 일이 끝나고 평소처럼 집으로 돌아간 후의 일입니다.

플로렌스네 집 현관 앞에 짐이 놓여 있었습니다. 대체 뭘까요? 주문한 기억이 없는 짐에 고개를 갸웃거리면서, 플로렌스는 짐을 열었습니다.

안에 있던 것은 한 장의 편지.

그리고 대량의 의류였습니다.

'이 옷도 부탁해도 될까요? 아들이 아주 기뻐하면서, 꼭 당신이 꿰매줬으면 좋겠다고 하더라고요.'

옷을 꿰매준 남자아이의 부모가 보낸 편지였습니다.

남에게 부탁받는 것은 그녀에게 있어 기쁜 일입니다.

어느 날, 노파가 플로렌스의 집 문을 두드렸습니다.

"플로렌스! 전에는 마당 손질을 도와줘서 고마웠단다. ……어제 플로렌스 이야기를 옆집 부인에게 했더니, 본인 집도 꼭 좀 부탁하고 싶다고 하더구나. 부탁해도 될까?"

타인에게 부탁받는 것은 기쁜 일입니다.

어느 날, 낯선 노점 주인이 플로렌스의 집 문을 두드렸습니다.

"너, 광장 노점 일을 도와주고 있다지? 우리 가게 일도 도와줄 수 있을까? 최근 체력이 떨어져서……."

기쁜 일입니다.

그럴 터입니다.

많은 사람이 그녀를 의지할 때마다, 그녀는 애매하게 웃으면서 고개를 끄덕였습니다.

이대로 쭉 계속해서 노력하면 언젠가 반드시, 누군가의 눈에 띄어서, 작은 마을 밖으로 나갈 수 있다.

누군가가 넓은 세계로 데려가 줄 것이다.

그리 믿고서, 그저 그녀는 쭉 웃고 있었습니다.

그래서 남들에게 계속 부탁을 받아도, 힘들어도, 괴롭지는 않다. 계속 버티다 보면 분명 밝은 미래가 기다리고 있다.

자신을 그리 타이르며, 그녀는 매일을 보냈습니다.

"──저기, 플로렌스."

평소처럼 레스토랑에서 일을 하던 때였습니다.

툭 하고 플로렌스의 어깨를 선배 종업원이 퉁명스레 쳤습니다.

"다음 주 일, 괜찮으면 대신해주지 않을래? 나 볼일이 좀 있어서."

가정이 있으면 이것저것 힘들어. 선배는 노골적으로 지친 기색을 보이며 말했습니다.

플로렌스는 당황했습니다.

"그…… 저기……."

선배가 곤란해한다면 도와주고 싶다. 힘이 되고 싶다. 진심으로 그렇게 생각했습니다.

하지만 그녀를 돕는 것은 이번이 처음이 아니었습니다.

"선배, 지난주에도 제가 대신…… 일, 했잖아요……?"

──남에게 좋은 얼굴만 보이고 있으면 이용당하고 말 거예요.

여행자가 했던 말이 머릿속을 스쳐 갔습니다.

그래서 용기를 짜내서, 그녀는 선배를 빤히 바라보았습니다.

"뭐?"

그러나 거기에 있던 것은 노골적으로 미간을 찌푸린 기분 상한 얼굴이었습니다.

"내가 용건이 있다고 말했잖아? 달리 할 일도 없잖아?"

너 따위가 나한테 말대꾸하는 거야? 무서운 기세로 선배는 말했습니다.

"우으⋯⋯."

대꾸할 용기는 없었습니다.

결국 플로렌스는 평소처럼.

"아, 알았어요⋯⋯."

그렇게 사라질 듯한 목소리로 답하며 고개를 떨굴 뿐.

남을 돕고, 손을 계속 내민 끝에, 밝은 미래가 기다리고 있을 거라고 생각했습니다.

그러나 눈앞에 있는 것은 저 좋을 대로 그녀를 이용하려 드는 사람들뿐.

밝게 웃는 그녀에게 "착하구나"라며 틈을 노리는 사람들뿐. 이대로 괜찮을 리가 없는데, 하지만 어찌하면 좋은지도 알지 못한 채로 그녀는 답답한 마음을 계속 품고 있었습니다.

어쩌면 그런 그녀의 표정은 아주 어둡고, 절망으로 가득한 것처럼 보였는지도 모릅니다.

"괜찮은가요?"

멍하니 일을 하던 중의 일이었습니다.

고개를 갸우뚱하며 이쪽을 들여다보는 여성이 한 명, 있었습니다.

잿빛 머리카락에 유리색 눈동자. 검정 로브와 삼각 모자를 착용한 여행자.

"아, 일레이나 씨⋯⋯."

며칠 전 이 마을로 오는 도중에 만난 여행자였습니다.

"안녕하세요."

인사를 하면서 일레이나는 다시.

"괜찮으세요? 기운이 없어 보이는데요."

그렇게 물었습니다. 아무래도 플로렌스가 일하는 레스토랑에 우연히 걸음을 했나 봅니다. 말을 걸어올 때까지 전혀 알아차리지 못했습니다.

지친 걸까요.

"아, 아뇨. 괜찮습니다. 좀 생각할 게 있어서⋯⋯."

고개를 저으며 스스로에게 들려주듯이 플로렌스는 답했습니다.

"그런가요."

흐음 하고 고개를 끄덕이면서 일레이나는 말했습니다.

"일을 너무 많이 해서 지쳤나 했습니다. 지붕 수리라든가, 정원 관리라든가. 이것저것 하는 것 같았으니까요."

"! 어, 이, 일레이나 씨⋯⋯ 보고 있었나요?"

"이 마을, 당신이 생각하는 것 이상으로 작거든요."

놀라는 플로렌스에게 일레이나는 "손재주가 좋더군요"라고 간단하게 감상을 말했고, 플로렌스는 아뇨 아뇨 하고 고개를 저으면서 "누구라도 할 수 있는 걸 하고 있을 뿐이에요" 하고 답했습니다.

여행하는 마녀인 일레이나에게 있어선 여행 도중에 한 번 만났을 뿐인 사이. 플로렌스와의 사이에 특별한 대화가 그 이상 오갈 일은 없었습니다.

게다가 아까의 대화도 보았을 겁니다.

싫은 소리를 듣고 침울해져 있는 모습을 타인에게 보이고 싶지 않았습니다.

"죄송합니다. 저, 이만 다시 일하러 갈게요."

그래서 플로렌스는 서둘러 대화를 마무리했습니다.

"네."

고개를 끄덕이면서 일레이나는 손을 흔들었습니다.

"너무 무리는 하지 말아주세요."

그리고 들려온 말에 플로렌스는 미소로 답했습니다.

평소처럼, 애매하게.

○

"…………."

이상.

전부 한 달 전에, 다른 마을에서 일어난 일입니다.

결국 그녀와 직접 만난 것은 레스토랑에서가 마지막. 그 이후 엔 마을에서도 본 적이 없었고, 저도 다시 여행을 시작해서 그녀가 어찌 되었는지는 모릅니다.

다만 왠지 모르게, 저는 지금 플로렌스 씨를 떠올리고 있었습니다.

돌바닥이 깔린 아주아주 완만한 언덕길 양옆에, 벽돌로 된 주택이 처마를 맞대고서 서 있습니다. 활기는 그럭저럭. 지나쳐가는 레스토랑과 찻집에서는 달콤한 향기나 고기 냄새가 끊임없이 새어 나왔고, 이리 오라며 유혹했습니다. 적당히 도시인 이 나라는 한 달 전에 머물렀던 마을과는 아무런 인연도 없는 땅으로, 당연하게도 플로렌스 씨와는 아무런 관계가 없습니다.

그러나 언제나 고개를 떨구고 남의 부탁에 고개를 끄덕이던 그녀가── 타인에게 좋을 대로 이용당해 버리던 그녀가, 머릿속을 스쳐 갔습니다.

"어이! 들었어? 예의 그 도둑, 잡혔다나 봐."

"드디어 이 나라에도 평화가 찾아오겠군."

지나가는 사람들이 이야기를 나누는 목소리가 들려왔습니다.

흠흠 하고 귀를 기울이는 저.

아무래도 얼마 전까지 이 나라에서는 그야말로 위험한 도둑이 맹위를 떨치고 있었나 봅니다. 대체 어떤 짓을 벌인 인물인 걸까요?

"저기, 실례합니다──."

호기심이 저를 움직였습니다. 마을 사람들에게 저는 물었습니다.

도둑이라니, 뭔가요?

"아, 당신 여행자인가?"

그럼 모르는 것도 무리는 아니지──하고 마을 사람들은 가르쳐주었습니다.

그것은 대략 2주 정도 전의 일이었다고 합니다.

갑자기 어디선가 나타난 도둑이 이 나라의 온갖 가게와 민가에서 금품을 훔치기 시작했다고 합니다.

"그 녀석은 금품, 보석이 전부 제 거라고 생각하는 모양이야. '훔친 거, 전부 돌려주세요' 같은 말을 하면서 여러 가게와 집을 방문했다더군."

마치 자신이 피해자인 양 구는 말투. 기묘한 모습의 도둑 소문은 순식간에 온 마을에 퍼졌습니다.

마을 사람들도 보안관들도 도둑을 체포하기 위해 안간힘을 썼습니다. 목격 정보를 긁어모으고, 보석점과 부호의 집에 잠복하고, 온갖 방법을 다 써서 체포하기 위해 애썼습니다.

그러한 노력이 보람 있었는지, 지금으로부터 며칠 전.

드디어 범인이 잡혔다고 합니다.

"하지만 잡힌 도둑 얼굴을 보고 놀랐지 뭐야. 우리 가게 단골인 여자아이였거든."

마을 사람 중 한 명이 말했습니다.

"나도 깜짝 놀랐다니까. 얼마 전에 짐 나르는 걸 도와준 아이였더라고." "설마 도둑질을 하는 사람일 줄은……." "우리 집 지붕 수리하는 것도 도와줬었는데."

사람들은 말했습니다.

사람은 겉모습만 보고는 알 수 없는 것일까요.

도둑이 잡히고 마을에 평화가 찾아왔건만, 마을 사람들은 여전히 도둑의 소문으로 시끄러웠습니다.

마을 사람들은 저마다 속삭였습니다.

"착한 아이라고 생각했는데——."

속삭였습니다.

"뭐든 의지할 수 있는 좋은 아이였는데——."

라고.

"…………."

사람들의 이야기에 귀를 기울이면서도 저는 어째선지 플로렌스 씨 생각이 머리에서 떠나질 않았습니다.

뭐든 의지할 수 있는 착한 아이. 어쩐지 약 한 달 전에 비슷한 느낌의 착한 아이를 시골 마을에서 보았던 것만 같았습니다.

"그 도둑은 어떤 사람인가요?"

아니 아니 설마, 플로렌스 씨일 리가 없잖아요? 하고 자신을 타이르면서 저는 사람들에게 물었습니다.

누군가가 답했습니다.

"어디서나 볼 수 있는 생김새를 하고 있어. 머리카락은 연노랑, 곧은 세미롱. 눈동자는 짙은 갈색이었던가."

흠흠.

뭐, 어디서나 볼 수 있을 만한 생김새로군요. 플로렌스 씨라고는 단정할 수 없습니다.

"아까 이야기했던 대로 아주 착한 아이야. 곤란해하는 사람을 발견하면 바로 도와주러 가지. 이쪽에서 부탁을 해도 절대 거절하지 않아. 좋은 아이야."

과연.

뭐, 그런 좋은 사람도 딱히 플로렌스 씨가 아니라고 해도 있을 수 있는 이야기입니다. 그녀라고는 단정할 수 없습니다.

"참고로 이름은 뭔가요?"

저는 물었습니다.

주민들은 한목소리로 답했습니다.

"──플로렌스."

라고.

"과여언⋯⋯."

저는 흠흠 다시 고개를 끄덕인 다음 알기 쉽게 머리를 끌어안 았습니다.

확실하게 그녀잖아요⋯⋯.

○

"흐에에에에에에에에에에에엥⋯⋯."

감옥 안에서 소녀는 당연하다는 듯이 호쾌하게 울고 있었습니다. 젊은 나이에 좁은 철창 안에 갇혀 괴로운 것인지, 혹은 한 달 전에 슬쩍 얼굴을 보았던 마녀와 재회해 기뻐하는 것인지, 어느 쪽인지는 알 수 없었지만 아무튼 건강해 보여서 다행입니다.

"우으으⋯⋯. 이런 데서 반가운 얼굴을 보게 되다니⋯⋯."

후자 쪽이었나요.

아무튼 저는 "오랜만입니다" 하고 인사를 하며 앉았습니다.

이 나라에서는 범죄자와 면회할 때 감옥 앞에서 직접 이야기를 하게 해주는 모양이었습니다. 교도관이 가져온 의자에 앉는 저. 바닥에 주저앉아 이쪽을 올려다보는 플로렌스 씨. 옆에서 보면 그녀가 제게 용서를 빌고 있는 것처럼 보일지도 모르겠네요.

"하지만, 용케 안까지 들어왔네요……."

울상을 한 채로 플로렌스 씨는 고개를 갸웃거렸습니다.

현재, 대죄인인 그녀 주변은 삼엄한 경계가 깔려 있었고, 기본적으로 면회도 허가되어 있지 않다고 합니다.

그러나 저는 이렇게 그녀 눈앞까지 와 있습니다.

"보안관님들을 애먹이고 있다죠?"

마을 사람들에게 플로렌스 씨의 이름을 들은 직후의 일입니다.

저는 곧장 마을에 있는 보안국으로 향했습니다.

바로 며칠 전에 간신히 잡은 범죄자 플로렌스. 그러나 보안관님들의 표정은 좋지 않았습니다.

몰래 귀를 기울이는 저.

보안관님들은 한숨을 내쉬며 이야기하고 있었습니다.

"예의 그 여자, 보석이 어디 있는지 불었어?"

"그게, 전혀. 무슨 말을 해도 '저는 잘못하지 않았어요'라고 우기기만 해."

"그것참 큰일이네……."

"누가 우리 대신에 심문해주지 않으려나……. 나, 그 애랑 나이가 비슷한 딸이 있어서 심문할 때마다 가슴이 아프다고……."

이런 이런 하고 하늘을 올려다보는 보안관님들.

"곤란하신가 보네요."

그런 그들 앞에 의기양양한 얼굴을 한 마녀가 불쑥 나타났습니다.

"으아앗, 넌 뭐야?"

"어디로 들어온 거지?"

"자, 사소한 건 어찌 되든 상관없잖아요."

보안국 안에서 당연하다는 듯이 느긋한 모습으로 저는 말했습니다.

"그나저나 여러분, 세상에는 심문 전문가라는 것이 존재합니다만, 알고 계셨나요?"

"이 애는 무슨 말을 하는 거야?" "무지하게 이상한 애네……."

"그것은 대체 누구일까요? 그렇습니다. 저입니다."

"이 애는 무슨 말을 하는 거야?" "우리 딸은 잘 자란 거였어……."

그렇게 차가운 시선을 받으면서도 저는 보안관님과 이러이러저러저러 하고 교섭을 했습니다. 교섭이라고 해도 한두 마디 정도 대화를 했을 뿐입니다만.

"사실 저는 플로렌스 씨와 아는 사이인데, 면회를 하는 김에 보석 소재를 물어봐 드릴까요?"

"진짜? 괜찮겠어?" "방금 이상한 애라고 해서 미안해."

"참고로 성공하면 보수는 받겠습니다만."

"돈 받는 거였어?" "이상한 애가 아니라 악착스러운 애였나……."

이상.

이러한 대화 끝에 저는 내부로 침입하는 데 성공했던 것입니다. 마녀쯤 되면 보안관과의 교섭 같은 건 식은 죽 먹기죠.

그리고 여기까지 온 경위를 이야기한 결과, 플로렌스 씨는 알기 쉬울 만큼 감옥 안에서 뒷걸음질 쳤습니다.

"……윽! 그렇다는 건, 일레이나 씨도 내 적……?"

모포를 풀썩 뒤집어쓰면서 그녀는 "우으으으…… 인생 막막…… 이제 아무것도 믿을 수 없어……" 하고 떨었습니다.

"안심하세요. 표면적으로는 그런 이유, 라는 것뿐이에요."

손짓하며 웃어 보이는 저.

"저는 딱히 당신이 범죄자라고는 생각하지 않아요. 아마도, 누군가에게 속아서 이런 꼴이 된 거죠?"

자신에게는 아무런 장점도 없다며 남을 돕고 다니는 좋은 사람. 나쁜 사람에게 찍혀 이용당한 불쌍한 아이.

그녀의 그러한 인품은, 옆에서 본 것만으로도 충분히 이해할 수 있었습니다.

자발적으로 죄를 범할 인간과는 정반대라 해도 될 테지요.

"우으…… 미, 믿어도 되는 건가요……?"

그녀는 모포에서 불쑥 고개를 내밀었습니다.

"물론이죠" 하고 저는 고개를 끄덕였고, 그녀는 잠시 망설인 끝에 모포를 뒤집어쓴 채로 꾸물꾸물 제 가까이로 돌아와 주었습니다. 애벌레입니까?

"일부러 도우러 와주다니…… 착하네요. 일레이나 씨."

"당신만큼은 아니지만요."

저는 어깨를 으쓱이며 답했습니다.

©Azure

사실. 한 달 전에 그녀와 만났을 때, 아주 조금 미련이 남는 게 있었습니다.

조금 더 신경을 써야 했던 게 아닐까 하고.

조금 더 이야기를 들어보았어야 했던 게 아닐까 하고.

무리하지 마세요──라고 말을 건 제게 애매하게 웃어 보였던 그녀가 사실은 곤란했는지, 그렇지 않은지 잘 몰랐기 때문에 아무것도 하지 않았지만.

"무슨 일이 있었던 건가요? 곤란한 게 있다면 이야기를 들어줄게요."

사실은 한 달 전에, 저는 분명 이렇게 말을 걸었어야 했던 것일 테지요.

"…………"

제 눈앞. 그녀는 여전히 모포를 뒤집어쓴 채로 저를 올려다보았습니다.

눈동자는 글썽글썽, 당장에라도 눈물이 흘러내릴 것 같았습니다.

이윽고 그녀는, 말을 꺼냈습니다.

"아주, 아주…… 지독한 배신을 당했어요……."

지독한 배신이라고요? 호오.

"자세히."

몸을 앞으로 내미는 저.

"처음부터 끝까지, 가르쳐주시겠어요?"

그리고 저는 귀를 기울였습니다.

그녀는 이어서 눈물을 흘리며 한 달 전부터 지금에 이르기까지의 이야기를 들려주었습니다.

한 달 전의 일입니다.

제가 여행으로 돌아간 후에도 플로렌스 씨는 변함없는 하루하루를 보냈습니다.

"플로렌스, 좀 도와줄래?"라고 말을 걸어오면 바로 돕고, "이거 곤란하네" 하고 미간을 찌푸리는 사람이 있으면 끌려가듯이 다가간다.

요컨대 대략 제가 보아왔던 대로, 그녀는 평소처럼 남을 도우며 살았습니다.

그러던 어느 날의 일입니다.

지금으로부터 약 3주 정도 전의 일이었을까요?

"젠장……! 당했어!"

플로렌스 씨가 일하는 레스토랑에서, 비어버린 맥주잔을 테이블에 쾅 내려놓는 여자아이가 있었습니다.

나이는 플로렌스보다 조금 위.

아는 얼굴.

"에르나……."

플로렌스 씨는 그녀에게 말을 걸었습니다.

소란스러운 손님에게 주의를 주는 것은 종업원으로서 당연한 일이었습니다만, 그 이상으로 플로렌스 씨는 그녀를 걱정했습니다.

이미 맥주도 석 잔째.

취기가 돈 에르나 씨는 얼굴이 붉었고, 머리를 휘청휘청 흔들고 있었습니다.

"무슨 일 있었어……? 괘, 괜찮아……?"

에르나 씨가 술에 취한 모습을 보는 것은 이번에 처음이었다고 합니다. 상인으로서 평소부터 빈틈없던 그녀가 흐트러질 만큼 좋지 않은 무언가가 있었던 것일 테지요.

사람 좋은 그녀로서는 묻지 않을 수 없었습니다.

"하아…… 딱히. 너랑은 상관없잖아."

퉁명스럽게 대꾸하는 그녀.

플로렌스 씨는 에르나 씨의 모습에 가슴이 아팠습니다. 분명 무슨 일이 있었던 것이 틀림없다. 내가 도와야만 한다── 그렇게 느꼈다고 합니다.

"저기, 에르나……! 무슨 일이야? 내가 할 수 있는 게 없을까?"

바짝 다가서는 플로렌스 씨.

에르나 씨는 "아무것도 아니라고" "딱히 됐다니까"라며 몇 번이고 거절했지만, 결국 꺾였고, 한숨을 섞어가며 자신의 사정을 밝혔습니다.

"……도난당했어."

상인인 그녀는 마차로 나라에서 나라를 오가며 다양한 상품을 매매하는 것으로 생계를 꾸리고 있습니다.

"요즘, 새로운 보석과 귀금속 매매에도 손을 댔는데…… 나쁜 놈들한테 걸려서, 마차가 습격당했어."

다행히 에르나 씨와 말의 목숨이 위협당하는 일은 없었지만,

짐은 전부 **빼앗겨** 텅 비어버렸다고 합니다.

"모처럼 큰돈을 내고 샀는데……. 덕분에 주머니에 든 게 전부 날아갔어. 오늘 술값도 충분하지 않을 정도로 말이야."

못 해먹겠어, 하고 그녀는 한숨을 내쉬었습니다.

"에르나……."

자포자기한 그녀에게 무슨 말을 하면 좋을지, 플로렌스 씨는 고민했습니다. 그러고서 그저 걱정스레 바라보는 것밖에 할 수 없던 그녀 앞에서 에르나 씨는 말했습니다.

"……절대로 용서 못 해. 내 짐을 **빼앗은** 거, 놈들이 후회하게 해주지 않으면 화가 안 풀릴 거야."

쾅 하고 다시 맥주잔을 테이블에 내려치듯 놓았습니다.

"되찾아 주겠어……! 나한테서 훔쳐 간 거, 전부 되찾아 주겠어……!"

그 손은 분노로 가득했고, 그리고 그 눈에서는 결의가 흘러넘쳤습니다.

이윽고 에르나 씨는 플로렌스 씨의 손을 잡고, 말했습니다.

"──저기, 플로렌스. 너 있잖아, 나랑 같이 도난당한 물건을 되찾아 주지 않을래?"

곤란한 처한 사람의 부탁.

만약 플로렌스 씨가 손을 빌려주지 않으면 어떻게 될까요? 술에 빠져서, 하지만 낼 돈이 없어서, 어쩌면 빚을 지게 될지도 모릅니다.

사람 좋은 그녀의 머릿속은 완전히 에르나 씨를 도와주고 싶다는 생각으로 가득해졌습니다.

게다가 에르나 씨를 따라간다는 것은 좁은 마을 밖으로 나갈 수 있다는 뜻이기도 했습니다.

제대로 된 기회.

그래서 똑바로 그녀를 바라보면서 플로렌스 씨는 대답했습니다.

"응…… 맡겨줘! 나, 최선을 다해서 협력할게! 같이 나쁜 사람한테서 되찾아 오자!"

"! 플로렌스……!"

에르나 씨의 표정은 불이 밝혀진 것처럼 환해졌습니다.

그리고 그녀는 플로렌스 씨를 세게 꼭 끌어안았습니다.

"고마워……! 고마워! 너는 내 진정한 친구야!"

이때 에르나 씨의 손을 잡지 않았다면, 감옥에 들어오는 일도 없었을 텐데—— 플로렌스 씨는 한숨을 내쉬면서, 제게 이야기해 주었습니다.

그러고서 얼마 후, 에르나 씨는 플로렌스 씨를 데리고서 이 나라를 찾아왔습니다.

시골 마을에서 살았던 플로렌스에게 있어서는 대도시. 처음 보는 거리의 모습에 그녀는 감동했다고 합니다.

"이 나라에 도적이 숨어 있어."

옆에서 걸으며 에르나 씨는 말했습니다.

상인 동료의 연줄을 통해 조사한 결과, 에르나 씨를 덮친 도적은 전부 이 나라에 잠복해 있고, 성가시게도 겉보기에는 매우 평범한 사람을 가장하고 있다고 합니다.

"즉, 이 나라의 길거리를 걷고 있는 사람 중 누가 도적이어도 이상하지 않다는 얘기"라고 담담히 설명하는 에르나 씨.

"그, 그렇구나⋯⋯."

무섭네 하고 중얼거리는 플로렌스 씨.

"뭐, 나쁜 사람일수록 보통 사람인 척을 하는 법이지."

"하지만, 이런 넓은 나라에서 어떻게 도적을 찾지⋯⋯?"

"그 부분에 관해서는 걱정할 것 없어. 동료가 조사해줬거든."

에르나 씨는 주머니에서 지도를 꺼냈습니다.

아무래도 그녀의 상인 동료는 전부 유능한가 봅니다. 이미 도적이 마을의 어느 집에 잠복해 있는지, 다 조사해두었던 것입니다.

지도에 된 표시는 마을 곳곳에 흩어져 있었습니다.

"놈들은 상당히 머리가 좋은 집단이야. 마을에서는 서로 남인 척 가장하고 있어. 그래서 거주지도 제각각. 그리고 리더 격인 인간은 무려 이 나라에서 보석상을 하고 있대."

즉, 상인인 에르나 씨한테서 훔친 물건을 상품으로 팔아 돈을 벌고, 그리고 재고가 적어지면 동료끼리 모여 다시 상인을 덮친다── 그렇게 생계를 꾸리는 것일 테지요.

"너무해⋯⋯!"

계획적이고 조직적.

지혜와 행동력을 다른 데 썼다면 더 좋은 삶을 살았을지도 모르는데── 플로렌스 씨는 분노와 슬픔으로 몸을 떨었습니다.

"우리가 이 녀석들한테 복수를 해주는 거야."

플로렌스 씨의 어깨를 두드리면서 에르나 씨는 속삭였습니다.

"우리가 여기서 그들을 멈추지 않으면, 다음 상인, 그리고 또 다음 상인―― 어쩌면 그러는 동안 민간인까지 덮치게 될지도 몰라."

그러니까 우리가 멈추는 거야.

에르나 씨의 말에 플로렌스 씨는 결의와 함께 고개를 끄덕였습니다.

좋은 일을 하자. 옳은 일을 하자.

누군가의 눈에 띄기 위해.

장점 없는 자신이라도, 무언가 할 수 있는 일이 있을 터―― 그녀는 생각하면서 에르나 씨와 함께 거리를 걸었습니다.

그리고 지금으로부터 2주 전에서 현재에 이르기까지, 그녀는 **나쁜 도적들**의 거점을 차례차례 강습해 나아갔습니다.

맨 처음은 언뜻 보면 평범한 민가.

"어디 보자……."

그녀는 몰래 숨어들어 가, 보석을 다시 빼앗았습니다.

한밤중, 모두 잠든 시간대에 행동하면 소동이 벌어지는 일은 거의 없었습니다.

"……어? 거짓말. 정말로 아무한테도 들키지 않고 보석을 회수한 거야?"

되찾은 보석류를 건네자 에르나 씨는 눈을 크게 뜨며 놀랐습니다.

"너 대단하다! 혹시 상인 조수로서 재능이 있는 거 아냐?"

"그, 그러려나……."

재능이 있다.

자신에게는 아무것도 없으니까 남을 돕는다── 스스로 그리 말했던 그녀에게 있어 에르나 씨의 말은 무엇보다도 기쁜 것이었을 겁니다.

그래서 그녀는 보석을 다시 빼앗기 위해 기를 썼습니다.

"조, 좀 봐줘……! 그건 아내를 위해 결혼기념일에 산 거라고……!"

몇 건째쯤 됐을 때 우연히 집주인이 일어나 있던 일도 있었습니다.

"거짓말! 그 보석은 훔친 거라고 들었어요!"

그런 때는 총을 겨누었습니다. 에르나 씨한테 "도적들이 반항할 땐 이걸 보여주면 돼"라며 건네받은 것입니다.

쏘지 않아도 보여주기만 하면 도적들은 겁을 먹었습니다.

"네가 소문의 그 도둑이구나……!"

그러고서 더욱 몇 건인가 더 돌았을 무렵에 플로렌스 씨의 소문이 부자──가 아니라 **나쁜 도적들** 사이에서 퍼졌는지, 힘이 센 경호원이 잠복해 있게 되었습니다.

"도, 도망쳐야 해……!"

플로렌스 씨는 그때마다 위기감을 느꼈지만, 친구를 위해 보석을 되찾는다고 하는 정의감이 그녀의 등을 떠밀었다고 합니다.

되찾은 보석은 전부 에르나 씨에게 건넸습니다.

"플로렌스, 고마워! 역시 내 조수야."

그리고 에르나 씨에게 감사를 받고 자신이 묵고 있는 숙소로 돌아간다.

그것이 그녀의 일상.

그녀는 언제나 필사적이었습니다.

도움이 되지 않으면, 다른 사람 눈에 띄지 않으면, 다시 아무것도 없는 시골에서 지루한 삶이 기다리고 있기 때문입니다.

"──괘, 괜찮으세요? 제가 좀 도와드릴까요?"

나쁜 도적들에게서 에르나 씨의 보석을 되찾는 중에도, 그녀는 고향 마을에서 그러했던 것처럼 자발적으로 남을 돕고 다녔다고 합니다.

짐을 든 사람이 있으면 같이 들고, 옷이 흐트러지거나 더러워지거나 하면 고쳐준다. 우는 아이에게는 다가가고, 머리를 끌어안고 고민하는 사람에게는 손을 내민다.

고향 마을에 비해 사람이 많은 이 나라에서는 끊임없이 누군가가 곤란에 처해 있었고, 그녀가 활약할 곳도 많았습니다.

세계를 몰랐던 그녀에게 이 나라에서 본 것은 전부 신선하고 다채로워 보였습니다.

"지난번에 다친 건 좀 어떠세요?" "수리한 지붕 상태는 어떤가요?"

매일같이 마을을 돌아다닌 그녀는 길을 외우고, 사람 얼굴을 외우고, 사람들에게 말을 걸었습니다.

낮에는 사람들에게 도움을 주기 위해, 밤에는 도적에게서 보석을 되찾기 위해, 에르나 씨에게 건네받은 지도를 몇 번이고 확인하며 마을의 형태를 파악했습니다.

남에게 도움이 되고 싶다. 그녀는 그렇게 생각하면서 하루하루를 보냈습니다.

나쁜 도적들에게 보석을 다시 빼앗는 것도, 나라 사람들에게 도움이 되리라 믿었습니다.

그리고 그녀는 열심히 노력해서, 에르나 씨가 지정한 곳 전부에서 보석을 되찾는 데 성공했습니다.

"플로렌스, 고마워!"

기뻐하며 그녀를 끌어안는 에르나 씨.

미소로 답하는 플로렌스 씨의 가슴은 충실감으로 가득 찼습니다.

"나, 나…… 에르나한테 도움이 됐을까……?"

"당연하지! 네 덕분에 전부 잘 풀렸어! 고마워. 너는 내 진정한 친구야!"

특별한 재능이 있는 것도 아니고, 큰일을 이룬 것도 없다──그렇게 스스로 이야기하는 그녀에게 남을 기쁘게 하는 일은 삶의 보람 같은 것.

에르나 씨에게 도움이 된 것이 무엇보다 기쁘고, 자랑스럽게 느껴졌습니다.

하지만, 그 직후.

지금으로부터 며칠 전의 일이었습니다.

"네가 예의 그 도둑이지? 체포한다!"

플로렌스 씨가 묵고 있던 숙소에 여러 보안관이 들이닥쳐 그녀를 체포했다고 합니다. 용의는 절도. 죄도 없는 사람에게서 보석을 빼앗은 그녀는 큰 죄인으로 감옥에 갇혔습니다.

대체 어째서일까요? 빼앗긴 것을 다시 빼앗았을 뿐인데.

보석을 빼앗은 데다 수중에 하나도 갖고 있지 않은 그녀는 연일 조사를 받았습니다. 어디에 숨겼는지. 왜 그랬는지. 몇 번이고 몇 번이고 질문받았습니다.

그녀는 친구인 에르나 씨가 곤란해해서, 도와주기 위해 도난당한 보석류를 회수한 것이라고 전부 밝혔습니다.

하지만 보안관들은 아무도 믿어주지 않았습니다.

"──네가 말한 상인 여자를 만나봤지만, 보석을 갖고 있기는커녕, 너를 모른다고 하던데."

"……네?"

머릿속이 새하얘졌습니다.

그렇게 조사를 받는 날 중에 에르나 씨가 보안관들에게 끌려왔습니다. 그녀는 지금까지 본 적 없는 차가운 얼굴을 하고서.

"저, 저 애와는 딱히 친구도 뭣도 아니에요."

그렇게 딱 잘라 증언했다고 합니다.

"──분명 태어난 고향은 같지만, 같이 일을 한 적도 없어요. 저는 상인, 이 애는 그냥 레스토랑 종업원. 접점 같은 것도 없을 텐데요?"

상인으로서 이 나라에서 장사했던 실적이 있는 에르나 씨의 말을 보안관들은 전면적으로 신뢰했습니다.

결국, 플로렌스 씨의 말은 전부 도시에서 장사를 하고 있는 에르나 씨에게 동경하는 마음을 품은 시골 여자아이의 망언으로 정리되었고, 그 자리에서 처벌이 결정되었습니다.

대체 어째서 이런 일이 되어버린 것일까요.

말을 잃은 플로렌스 씨.

에르나 씨는 취조실에서 나가기 직전에 아연실색해 있는 그녀에게 아무한테도 들리지 않게 속삭였습니다.

"말했지? 나쁜 사람일수록 보통 사람인 척을 하는 법이라고."

그때에서야 그녀는 겨우 깨달았습니다.

그저 속았다는 사실을.

그저 이용당했다는 사실을.

○

"저…… 결국 옛날부터 쭉 변함없이 아무것도 못 하는 그대로예요."

긴 이야기를 마친 후.

지친 듯이 플로렌스 씨는 내가 중얼거렸습니다.

그녀가 어린 시절부터 살았던 것은 시골의 작은 마을.

마법을 쓸 수 있는 사람은 변변히 없고, 유망한 사람도 없고, 주변에 남겨진 것은 나태한 생활을 보내고 싶어 하는 게으름뱅이뿐. 정원 손질도, 지붕 수리도, 심지어는 자신에게 주어진 일조차 해내지 못하는 사람들뿐.

특별한 재능을 가진 사람부터 차례대로 마을을 떠나가기에 마을은 쇠퇴해가기만 한다.

"저도 마을을 나가서 일해보고 싶었어요. 남에게 도움이 될 수 있는 사람이 되고 싶었어요."

하지만 조금 전 본인 입으로 말한 대로, 여전히 그녀는 아무것도 이루지 못했고, 지금도 감옥에 갇혀 있습니다.

"저는 역시, 착한 것 말고는 장점이 없나 봐요."

한숨을 내쉬면서 그녀는 포기한 듯 말했습니다.

무슨 말을 하고 계신 건지.

"남보다 출중한 인간이 아니면 착한 인간은 될 수 없습니다."

"아하하…… 죄송해요, 그러네요……."

플로렌스 씨는 고개를 숙였습니다.

"저 같은 게, 착한 것만이 장점이라느니 하는 건 이상하죠……. 속기만 하면서."

"…………."

오해하게 했나 보네요.

정정하죠.

"타인의 고민이나 문제에 시선을 돌릴 수 있는 건 그만큼 여유가 있기 때문입니다. 타인의 고민을 해결할 수 있는 건 그만큼 능력이 뛰어나다는 증거예요. 지성이 갖춰지지 않으면 착하다는 건 성립되지 않아요. 즉, 착한 인간이라는 건 뛰어난 인간이 아니면 성립되지 않는다는 거예요."

착한 것밖에 장점이 없다고 말씀하셨는데.

제 눈에는 그것만으로도 충분히 우수한 사람으로 보입니다.

"하, 하지만……."

머뭇머뭇하며 그녀는 그렇게 무언가 말하려 했지만, 저로서는 이 이상 이야기가 길어지는 것도 귀찮았기 때문에 그녀의 말을 자르고 이야기했습니다.

"그래서, 착할 **뿐**인 플로렌스 씨는 앞으로 어떻게 하고 싶은 가요? 감옥 안에서 계속 울 건가요? 아니면 여기서 나가고 싶은 가요?"

"어, 그, 그건…… 나가고 싶은데요……."

나갈 수 있는 건가요……? 하고 그녀는 어리둥절한 눈을 하면서 제게 물었습니다.

"나가고 싶다면 나갈 수 있습니다."

"하지만…… 어떻게?"

"당신이 무죄라는 걸 제가 이 나라 보안관들에게 설명하겠습니다."

"설명만으로 어떻게 할 수 있는 거라면 저도 이렇게 되지는 않았을 거라고 생각하는데요……."

지당한 말씀을 하시는군요.

"당신의 증언에 보안관들이 귀를 기울이지 않았던 건, 그들에게 당신이 도둑이라고 하는 선입관이 있었기 때문일 테죠. 객관적인 시점에서 제가 설명하면 그들도 알아줄 겁니다."

"그렇게 잘 풀릴까요……?"

"풀리고말고요. 저한테 맡기세요."

엣헴 하고 가슴을 펴는 저.

다행히도 저는 마녀이며, 그리고 감옥에 오기 전에 그들과 이야기했습니다.

"범죄자의 말에는 귀를 기울이지 않아도, 권위 있는 마녀의 말이라면 그들도 귀를 기울여줄 겁니다."

"그런 건가요……?"

"그런 거고말고요."

그러나 지금까지 인복이 너무나도 없었던 반동인지, 이때에 이르러서도 그녀가 제게 보내는 시선은 약간 회의적인 빛을 띠고 있는 것만 같았습니다.

"하지만, 어째서 도와주는 건가요……?"

어째서냐고 말씀하신들.

그런 건 뻔하지 않습니까.

"제가 착한 인간이기 때문입니다."

아주 똑똑해서 타인의 고민도 간단히 해결할 수 있는 마녀는 누구일까요?

저입니다.

……그런 농담을 해가며, 뽐내는 표정을 지어 보였습니다.

"…………"

결과 더욱 눈을 가늘게 뜨며 미간에 주름을 잡는 플로렌스 씨.

질색하고 있어…….

"아무튼, 보안관님을 부를게요."

어흠, 헛기침을 하면서 저는 감옥 옆에 있던 벨을 울렸습니다. 면회를 종료한다는 신호입니다.

곧이어 소리를 들은 보안관님들이 저희 곁으로 다가왔습니다.

어쩐지 들개무리 같다고 생각하면서 멍하니 바라보고 있자, 그들은 저희 앞에서 걸음을 딱 멈추었습니다.

"마녀님, 어때? 성과가 있었나?"

그리고 그렇게 물었습니다. 이 역시 먹이를 기다리는 들개 같았습니다.

"네. 아주 좋은 성과가 나왔습니다."

저는 싱긋 웃음 지으면서 말씀해드렸습니다.

"그녀는 무죄입니다."

단적으로 제가 한 말에 보안관들은 눈을 크게 떴습니다. "무슨 말을 하는 거야?"라고 말하고 싶은 듯한 모습.

그래서 저는 그들의 쓸데없는 선입관을 없애주기 위해 그녀가 얼마나 훌륭한 사람인지를 이야기해드렸습니다.

"여러분, 아시겠습니까? 플로렌스 씨는 아주 배려심 많고 좋은 사람입니다. 고향 마을에서는 곤란해하는 사람을 돕기 위해 뭐든 했었습니다."

그런 훌륭한 사람이 과연 범죄 같은 걸 저지를까요?

아뇨 아뇨, 그럴 리 없겠죠. 그렇죠?

"흐음. 즉, 범행 동기는 고향 동료의 생활비를 벌기 위해서인가……." "윤리관이 망가졌군."

…………

아니 그런 이야기를 하고 있는 게 아닙니다만.

저는 거듭해 말했습니다.

"그러니까 플로렌스 씨는 아주 손재주가 좋아서, 마을 사람들의 망가진 옷을 꿰매주고 다녔습니다."

"과연. 집에 침입하는 게 묘하게 능숙했던 건 원래 손재주가 좋았기 때문인가……." "재능을 나쁜 방향으로 쓰다니…… 용서할 수 없어."

"…………."

뭔가 예상과 다른 반응이로군요.

"그리고 온종일 계속 일해도 지치지 않는 분이라, 이 나라에 체재한 후로 아침부터 밤까지 하루 꼬박, 남을 도우며 다닌 일도 있었다고 하네요."

"그렇게 주민을 농락했다는 거지?" "그래서 좀처럼 잡히지 않았던 건가…… 교활한 도둑이군."

아니 그러니까 그게 아니라…….

"…………."

"아무튼 그녀는 재능 넘치는 분으로."

"도둑질 재능도 있었다는 거지?" "그런 거지?"

"…………."

저는 말 없이 플로렌스 씨 쪽을 돌아보았습니다.

"일레이나 씨……?"

어쩐지 전혀 잘 풀리지 않는 것 같은데요……? 하고 그녀의 시선이 저를 향해 말하고 있었습니다.

제 예정으로는 여기서 교묘한 말로 보안관님들을 설득한 다음, 그녀를 감옥에서 꺼내드릴 계획이었습니다만.

아무래도 보안관님들에게 심어진 쓸데없는 선입관은 상당히 깊은 부분까지 침투해 있나 봅니다. 무슨 말을 해도 그들은 플로렌스 씨와 흉악범을 연결 지어버렸습니다.

"어쩐지 귀찮아지기 시작했습니다……."

"일레이나 씨?"

저는 지팡이를 휙 꺼냈습니다.

"플로렌스 씨. 잠깐 철창에서 떨어져 주시겠어요?"

"일레이나 씨? 저기, 뭘——."

"에잇!"

그녀의 말을 자르듯, 저는 지팡이를 휘둘렀습니다.

그 직후의 일입니다.

파앙! 하는 소리를 내면서 철창이 잘렸습니다.

굴러간 쇠막대는 플로렌스 씨의 발에 부딪히며 멈췄습니다.

시선을 들어보면 눈을 부릅뜬 그녀의 모습.

"무, 무슨 짓이에요ㅇㅇㅇㅇㅇㅇㅇㅇㅇㅇㅇㅇㅇㅇㅇㅇㅇ!"

절규하고 있었습니다.

"이걸로 감옥에서 나올 수 있겠네요!"

저는 그녀를 향해 활짝 웃어 보이며 말했습니다.

"아니 나갈 수 있다든가 하는 그런 문제가——."

"하지만 감옥에서 나온다고 해도 건물 안을 통과해 갈 수는 없겠죠? 보안관분들이 달리 더 계실 테니까."

힐끗 돌아보는 저.

놀란 표정의 보안관님들이 "너, 너, 무슨 짓이야!" 하고 허둥대고 있었습니다.

저는 말했습니다.

"탈옥할 거라면 화려한 편이 좋겠죠?"

"일레이나 씨?"

"시작한 김에 벽도 부술까요?"

"일레이나 씨??????????"

"괜찮아요. 플로렌스 씨, 걱정하지 마세요."

그녀에게 웃어 보이면서 저는 지팡이를 벽 쪽으로 들었습니다.

"한 번 하나 두 번 하나 범죄자라는 것에 변함은 없으니까요……."

"아니당신제무죄를증명해주는거아니었어요……?"

"에잇!"

듣기 거북한 말을 무시하는 저.

퍽, 마력을 때려 넣자 벽돌로 된 벽이 무너졌습니다.

"일레이나 씨이이이이이이이이이이이이이이이이이이이이이이이!"

무슨 짓이에요오오오!

그렇게 다시 절규하는 그녀.

"자, 플로렌스 씨. 갑시다!"

이 시점에서 저는 이미 될 대로 되라는 심정이던지라 만면에 미소를 띠고서 그녀의 손을 잡았습니다.

물론 그녀는 울었습니다.

"싫어어어어어어어어어어어어어어어어어어어엇!"

그리고 당연하게도 보안관님들도 소리쳤습니다.

"타, 탈옥이다아아아아아아아아아아아아아아아앗!"

아무튼 이리하여 저는 그녀를 감옥에서 데리고 나오는 데 성공했습니다.

빗자루에 타면서 저는 매우 만족스럽게 고개를 끄덕였습니다.

"뭐, 대체로 상정한 대로네요!"

보안관님들이 우르르 건물에서 나와 저희를 쫓아오는 것 이외엔 예상대로의 전개라고 할 수 있을 테지요.

"아니 전혀 상정한 대로가 아니잖아요!"

"무슨 말씀인지."

저는 듣기 거북한 말을 또다시 무시했습니다.

○

"무, 무슨 짓을 한 건가요?! 무슨 짓을 한 건가요?!"

"자, 자."

뒤에서 안절부절못하며 제 어깨를 때리는 플로렌스 씨를 달래면서, 저는 빗자루를 조작해 마을 안을 뛰어다녔습니다.

마을 경치가 흘러가듯 지나가는 가운데, 저는 그녀에게 말을 걸었습니다.

"저런 상태에선 믿어주지 않을 테니, 이렇게 하는 편이 손쉽거든요."

"결국 제가 나쁜 사람이라는 증거를 보여줬을 뿐이잖아요오오오오오옷!"

소리치는 그녀를 무시한 채 저는 길을 꺾어 좁은 골목으로 돌진했습니다.

제가 플로렌스 씨를 데리고 나온 데엔 이유가 있습니다.

"당신 친구를 잡아서 보안관님들에게 넘기죠. 그러면 문제는 해결될 겁니다."

이름은 분명 에르나 씨, 였다고 생각합니다만.

"당신이 무죄라는 것을 그녀에게 증언시키는 겁니다."

"하, 하지만, 어떻게, 말이죠……? 저는 에르나가 어디에 있는지 전혀 모르는데……."

"그 부분은 살짝 생각해둔 게 있으니까 괜찮아요. 아무튼, 그녀와 만나서 자백하게 하죠."

조금 전 대화로 알 수 있었듯, 이제 보안관님들은 어떠한 변명을 한다 해도 의심의 눈초리를 보낼 뿐. 이제 와 말뿐인 설득은 무의미합니다.

"당신이 사실은 선량하고 우수한 인간이라는 걸, 행동으로 보여주는 겁니다."

"에, 에에엣……! 그, 그런 거 저한테는 무리──."

"그럼 여기서 다시 잡힐 뿐인데, 괜찮은가요?"

빗자루를 조작하며 저는 등 뒤로 시선을 보냈습니다.

제게 매달려서 "흐에에……!" 하고 비명을 지르는 플로렌스 씨.

그 뒤로 빗자루를 탄 마법사 보안관이 여러 명.

"찾았다! 저기야!"

저희를 몰아붙이듯 그들은 바짝 따라왔습니다. 저는 빗자루의 속도를 높여 골목에서 상공으로 빠져나왔습니다.

마을 건물들보다 더욱 위로, 푸른 하늘로 손을 뻗듯이, 저희를 태운 빗자루는 뛰쳐나갔습니다.

순간 좁았던 시야가 넓게 트였고, 내려다보니 마을의 경관이 한눈에 들어왔습니다. 아래 펼쳐진 지붕들 사이로 가느다란 선 같은 돌바닥이 보였습니다.

제가 평소 걸었던 길은 하늘에서 내려다보니 손가락보다도 가늘고 미덥지 않아 보였습니다.

"⋯⋯⋯⋯."

하늘에서 나라 하나를 그 눈으로 내려다보는 것은 그녀에게 있어 처음 경험해보는 일이 아닐까요?

제 뒤에서 숨을 삼키는 기척이.

느끼는 바가 있었는지도 모릅니다. 생각하는 바가 있었는지도 모릅니다.

그래서 저는 말씀해 드렸습니다.

"이 나라 사람들에게, 당신의 진짜 모습을 보여주고 싶지 않은 가요?"

시선을 기울이자, 가만히 마을의 상황을 바라보는 그녀의 모습이.

하지만 빗자루를 탄 보안관들이 이쪽을 쫓아오는 것이 보였습니다. 시간에 유예는 없었고, 여기서 주어진 선택지는 단 두 개뿐.

얌전히 투항해서 감옥으로 돌아가든지.

아니면 자신의 무죄를 증명해 보이든지.

"당신은 어떻게 하고 싶은가요?"

정하면 돼요. 저는 그녀의 옆구리를 찔렀습니다.

시골에서 동경하는 도시로 드디어 올 수 있었던 그녀는.

넓은 도시를 처음으로 직접 본 그녀는, 어떻게 생각할까요?

"저는……."

답은 들을 것까지도 없었습니다.

"아직, 여기에 있고, 싶어요."

그리고 그녀는 제 로브에 꽉 매달렸습니다. 절대로 보안관님들에게 잡히고 싶지 않다는 의사 표명으로도 보였습니다.

고향 마을에서는 잘난 인간과는 거리가 멀었던 모양입니다만.

"그럼 증명해야만 하겠네요."

플로렌스 씨가 진정한 의미에서 **착한 사람**이라는 것을.

그리고 저는 빗자루를 조작해, 하늘을 미끄러지듯이 떨어져 갔습니다.

"하지만, 일레이나 씨. 왜 저한테 이렇게까지 해주는 건가요?"

"그런 거 뻔하잖아요. 도난당한 보석을 되찾아서, 사례를 듬뿍 받기 위해서입니다."

"변변치 못한 사람이로군요……."

"네. 하지만 정말로 다행이에요. 당신이 투항하겠다고 대답했다면 죄를 전부 당신에게 떠넘기고 도망칠 셈이었으니까요. 당신 친구처럼."

"정말로 변변치 못한 사람이로군요……."

중얼거리면서도 그녀는 어깨를 흔들며 웃었습니다.

고향 마을에서 사람들에게 '착하다'고 칭찬받았던 때보다도 즐겁게, 웃었습니다.

○

자신이 어떠한 재능을 갖고 있는지는 알지 못하는 법입니다.

저도 책을 동경하고, 지팡이를 드는 일이 없었다면, 그녀와 마찬가지로 아무런 장점도 없는 여자아이라고 자조하고 있었을지도 모릅니다.

"일레이나 씨. 다음 모퉁이에서 왼쪽이에요!"

"네네."

빗자루를 조작하면서, 저는 플로렌스 씨에게 고개를 끄덕였습니다.

햇볕이 쏟아져 내리는 큰길에서 뛰어든 곳은 어두컴컴한 뒷골목.

예측하기 어렵게, 골목길 끝은 좌우로 갈라져 있었습니다. 마치 출구가 보이지 않는 미궁처럼.

그러나 저는 그다지 초조하지 않았습니다.

"이 길을 조금 나아간 곳에서 오른쪽으로 가주세요. 그러고서 왼쪽으로 꺾고, 잠시 직진하면 마을 남쪽 거리로 나갈 수 있을 거예요."

"네네."

고개를 끄덕이면서도 플로렌스 씨의 유도를 따라 나아가도록 빗자루를 조작했습니다.

얼마 후, 그녀의 말대로 뒷골목 끝에 빛이 비쳐 들었습니다. 더욱 나아가 골목 밖으로 뛰쳐나가 보니 마을의 남쪽 거리가 저희 앞에 펼쳐졌습니다.

마치 예언처럼.

"대단하네요."

저는 플로렌스 씨에게 시선을 기울이면서 웃었습니다.

그녀도 역시, 타인에게 자랑할 만한 재능을 하나 갖고 있었던 것입니다.

"이걸 받으세요."

조금 전의 이야기입니다.

마을을 내려다보면서 저는 플로렌스 씨에게 지도를 건넸습니다.

"에르나 씨가 묻고 있는 숙소까지 저를 안내해주시겠어요? 보안관들을 피하면서, 그녀를 잡으러 갑시다."

그리고 훔친 보석의 소재를 불게 하면 상황 종료.

단순 명쾌한 흐름이라고 할 수 있을 테지요.

그런 연유로 지도를 보면서 제게 방향을 지시해달라고 부탁했습니다.

"…………."

하지만 그녀가 지도를 받아 드는 일은 없었습니다.

그저 그녀는 천천히 고개를 젓고, 제게 말했습니다.

"……필요 없어요."

필요 없는 겁니까.

"에르나 씨를 잡고 싶지 않은 건가요?"

"그런 게 아니에요……."

조심스러운 태도로, 이어서 그녀는 마을을 내려다보았습니다.

아름답고, 넓고, 셀 수 없을 만큼 길이 나 있는 거리.

그녀는 그것을 바라보면서 말했습니다.

"마을 길은 대부분 기억하고 있으니까, 필요 없다는 거예요."

처음엔 무슨 농담인가 싶었습니다.

하지만 곧바로 저는 그녀가 가지고 있는 재능을 목격하게 되었습니다. 하늘에서 천천히 강하해서 오른쪽으로 꺾고, 왼쪽으로 꺾고, 온갖 골목을 빠져나가며 저희는 둘이 함께 도망쳤습니다.

그녀의 재능은 진짜였습니다.

도적에게서 보석을 되찾아 오기 위해 몇 번이고 본 지도. 사람과의 교류를 위해, 곤란해하는 사람에게 도움의 손길을 내밀기 위해 몇 번이고 걸었던 거리.

그녀는 눈앞에 펼쳐진 거리를 전부 머릿속에 기억하고 있었던 것일 테지요.

그녀에게는 사람과 사물을 보는 재능이, 자연스럽게 갖춰져 있었던 것입니다.

"노, 놓치지 마! 잡아라!"

빗자루에 탄 보안관들이 저희 뒤로 따라붙었습니다. 지팡이를 들고, 겨누고, 이쪽을 노리고서 마법을 날린 것은 그 직후.

"웃차."

저는 빗자루를 왼쪽으로 틀어 피했습니다.

저희를 그대로 지나친 마력 덩어리는 길 저편에 서 있는 건물 벽에 격돌했습니다.

요란한 소리와 함께 벽돌이 무너지고 깎여 나와, 마을의 길로 쏟아졌습니다.

"위험하네요……."

이리저리 도망치는 주민들의 바로 위를 지나치면서 저는 지팡이를 휘둘렀습니다.

잔해의 대부분을 잘게 부숴두었습니다.

분명 이 도시의 마법사들은 마법 실력이 그다지 뛰어나지 않은 것일 테지요.

"서둘러 끝내는 편이 좋을 것 같군요."

도주극이 길어지면 길어질수록 마을의 피해가 광대해질 것 같은 분위기였습니다. 저로서도 무관계한 주민들까지 말려들게 하는 것은 바라는 바가 아니었습니다.

이건 일단, 냉큼 에르나 씨를 잡아서 빠르게 끝내는 편이 나을 것 같습니다.

"에르나 씨가 머무는 숙소는 어디인가요?"

그런고로 질문하는 저.

플로렌스 씨는 고개를 끄덕였습니다.

"방금 지나쳤어요."

"그런가요, 그런가요."

지나쳤습니까. 과연 그렇군요——.

"…………."

저는 빗자루를 세웠습니다.

"어째서 그런 걸 먼저 말해주지 않는 겁니까?"

머릿속으로 장소를 외우는 재능이 있다고 칭찬한 제가 바보 같지 않습니까. 정말이지.

"아, 죄, 죄송해요……! 말하려고 했는데…… 일레이나 씨 빗자루, 생각한 것보다 훨씬 빨라서…….."

"그래도 제가 물어보기 전에 먼저 말해줬어야죠."

수고가 더 들잖아요.

"어디쯤인가요? 바로 돌아가죠."

"아, 아뇨. 그게, 돌아가도 의미 없을 것 같은데요……."

"어째서죠?"

"창문으로 보였는데, 그 애가 머물던 방은 이미, 빈 껍데기였어요."

"빈 껍데기."

"소동을 듣고 도망쳐버렸나 봐요."

"도망쳐버렸다."

"아마도 지금쯤, 보석을 마차에 싣고 나라 밖으로 향하고 있는 도중일 거예요……."

"…………."

겸연쩍은 느낌으로 침묵하는 저희.

귀에 들리는 것은 "찾았다!" "체포해!"라고 필사적으로 외치는 보안관들의 목소리. 이쪽으로 달려오고 있나 봅니다.

저는 지휘자처럼 지팡이를 휘두르면서 마력을 여기저기로 날려 견제. 마을의 길이 잇따라 파괴되어갔습니다.

"상황을 정리해보죠."

"네."

고개를 끄덕이는 플로렌스 씨에게 저는 말했습니다.

"그러니까 이런 겁니까? 만악의 근원인 에르나 씨의 소재는 알 수 없게 되었고, 곧이어 나라에서 나가고, 그 후 영구히 자취를 감출지도 모른다, 라는."

"그렇게 될 거라고 생각해요."

"과연 그렇군요."

"일레이나 씨, 뭔가 대책 같은 게 있나요……?"

"후후후……."

"일레이나 씨……?"

"잡히면 둘이 함께 옥중 생활을 해보죠……."

"와아…… 없나 봐……."

저는 아무래도 교활한 상인인지 뭔지를 얕봤던가 봅니다.

상황이 의심스러워지면 바로 물러난다. 물러날 때를 잘 알고 계시나 보군요.

저는 다시 빗자루를 몰면서 신음했습니다.

"난처하네요……. 문 앞에서 기다리려고 해도, 분명 보안관들이 저희를 몰아넣기 위해 포위할 테고요."

가령 문 앞에서 에르나 씨를 잡는다고 해도, 자백을 받아내기 전에 보안관들에 의해서 저희가 체포될 겁니다.

심지어 자백을 받아낸다고 해도 저와 플로렌스 씨가 협박한 것으로 여겨질 수 있습니다.

그것참, 일이 성가셔졌네요.

빗자루를 몰며 때때로 "으랏차" 하고 보안관들을 향해 마법을 날리면서 저는 생각했습니다. 뭔가 묘안이 내려오거나 하지는 않을까요?

"저기."

뒤에서 플로렌스 씨가 살며시 제 어깨를 찌른 것은 바로 그때였습니다.

뭔가요? 하고 뒤를 돌아보는 저.

마을 안에서 바람을 가르는 빗자루 뒤. 눈을 살짝 내리뜨면서 그녀는 속삭였습니다.

"저, 생각이 좀 있는데요——."

자신이 어떠한 재능을 갖고 있는지는 알지 못하는 법입니다.

그리고 재능을 한 번 개화시켰을 때, 사람은 아주 조금 보이는 시야가 넓어집니다.

타인보다 아주 조금 많은 것을 할 수 있게 됩니다.

"——다음은 거기에 쏴주세요!"

마을 길을 외우고, 목적지를 안내하는 것만이 그녀의 재능이 아닙니다.

그녀가 가리키는 곳을 저는 얼음으로 전부 메웠습니다.

길목은 막혔고, 저희를 쫓던 보안관들의 앞을 가로막았습니다. 빗자루에 탄 보안관들이 그 위에서 나타나면 제가 마법으로 직접

"으랏차" 하고 쳐 떨어뜨렸습니다.

그리고 잠시 도망치면 다시 다른 골목에서 보안관들이 나타납니다.

"일레이나 씨. 오른쪽 골목으로 보안관들을 유도하고서 앞을 막아주세요. 그러면 그들은 여기까지 돌아올 수 없게 돼요."

"네네."

고개를 끄덕이면서 들은 대로 얼음 기둥을 세우는 저.

원래 플로렌스 씨는 아주 똑똑하고, 강하고, 뭐든 할 수 있는 사람일 테지요.

부족한 것이 있다고 한다면, 그것은 자신에 대한 정당한 평가뿐.

빗자루로 길을 달리는 제게, 그녀는 재빠르게 잇따라 말했습니다.

"일레이나 씨. 저쪽 골목에서 마법사가 나와요. 요격해주세요."

"일레이나 씨. 광장에서 사복 보안관들이 대기하고 있어요. 주의해주세요."

"일레이나 씨. 저희 뒤를 쫓는 마법사는 불꽃을 쏘는 마법이 특기인 것 같아요. 물을 뿌려버리죠."

무시무시할 만큼 넓은 시야였습니다.

그녀는 차례차례 제게 지시를 내렸습니다. 그때마다 보안관들은 마치 실에 매달린 꼭두각시처럼 그녀의 손안에서 놀아났습니다.

그녀의 지시대로 지팡이를 휘두르면 그때마다 저희의 길이 열렸습니다.

"……대단하네요."

단순하게 감탄할 만큼, 눈앞의 모든 것이 그녀의 손안에 있었습니다.

누구에게나 손을 내밀 수 있는 것은 그녀가 이미 많은 것을 혼자서 해낼 수 있기 때문.

곤란해하는 사람을 마을에서 찾아낼 수 있는 것은 그녀가 이미 많은 것을 눈으로 포착할 수 있기 때문.

그녀가 가지고 있던 것은, 모든 걸 폭넓게 응시할 수 있는 좋은 눈.

화려함은 조금 부족할지도 모르지만, 그러나 이것도 훌륭한 재능 중 하나라고 할 수 있습니다.

이윽고 저희를 쫓아오는 보안관들의 모습은 보이지 않게 되었습니다.

마을 뒷골목으로 빗자루를 미끄러뜨린 다음, 저희는 한숨 돌렸습니다.

"꽤 하잖아요."

빗자루에서 내리면서 저는 플로렌스 씨를 바라보았습니다. 그녀의 보조가 없었다면 여전히 쫓겨 다니고 있었을지도 모르니까요.

"이, 일레이나 씨 덕분이에요⋯⋯."

쑥스러운 듯이 그녀는 꼬물거렸습니다.

"저, 일레이나 씨가 도시 상공까지 데려가 줬을 때, 깨달았어요. 도시의 골목 하나하나까지 전부 제 머릿속에 있다는 걸."

"그런가요."

빗자루로 도망치는 도중에 도시 상공까지 올라갔던 건 그저 우연일 뿐이었습니다만.

그 결과 그녀는 자신에게 잠들어 있던 재능도 볼 수 있게 된 것일 테지요.

제 덕분인지 아닌지는 제쳐두고, 이 궁지를 빠져나올 수 있었던 것은 그녀의 힘이 있었기 때문입니다.

"일단 어떻게든 될 것 같네요."

여기까지는 그녀가 조금 전 제게 이야기해준 계획대로.

마을 전체를 부감하고 있다고밖에는 생각되지 않는 그녀의 지시대로 보안관들을 차례차례 분단시키고, 저희는 몸을 숨길 수 있게 되었습니다.

이제 에르나 씨를 잡기만 하면 끝입니다.

"후딱 에르나 씨를 잡고 끝내죠."

그래서 저는 가볍게 기지개를 켜면서 그녀에게 말했고.

"네! 힘내봐요."

그녀도 역시 상냥하게 웃었습니다.

길 저편에서 마법사가 나타난 것은 바로 그때였습니다.

"아앗! 이런 데 있었구나!"

완전히 뿌리쳤다고 생각했는데요.

저희를 가리키며 여성 보안관이 빗자루에 탄 채로 이쪽으로 날아왔습니다.

어라라.

"뭐, 마법으로 얼른 쓰러뜨릴까요."

저는 다시 지팡이를 꺼냈습니다.

"그렇게 두지 않을 거야!"

등 뒤에서 목소리.

그리고 동시에 마력 덩어리가 제 손에 직격.

펑 하고 터지고, 제 손에서 지팡이가 날아갔습니다.

"앗!"

아무래도 눈치채지 못한 사이에 저희는 협공을 당한 모양입니다.

보안관들을 떨쳐내기 위한 생명줄이라고도 할 수 있는 지팡이가, 달그락하고 골목으로 굴러갔습니다.

"…………."

저는 입을 다문 채 플로렌스 씨를 바라보았습니다.

"…………."

플로렌스 씨는 겸연쩍은 듯 시선을 돌렸습니다.

일단 물어보기로 하죠.

"이 전개도 에르나 씨를 잡기 위한 계획에 포함되어 있는 건가요?"

"그게……."

그러고서 그녀는 포기한 듯이 한숨을 내쉬더니.

말했습니다.

"자, 잡히면 둘이 함께 옥중 생활을 해봐요……."

●

아무래도 플로렌스라는 죄수가 탈옥한 모양이다.

산책하던 도중의 일이었다. 마을 주민들이 수군거리는 소문을 들은 에르나는 곧장 숙소로 돌아가 짐을 챙겼다.

그러고 보니 평소보다 마을이 소란스러운 것 같다.

창밖을 보니 보안관들이 정신없이 뛰어다니고 있었다.

"그 쓸모없는 게 탈옥이라니……."

좀처럼 믿기 힘들었지만, 소문은 사실인가 보다.

소심한 플로렌스가 단독으로 탈옥에 나섰을 거라고는 생각하기 어렵다. 분명 누군가 도와주는 사람이 있었겠지. 대체 감옥을 빠져나와 무얼 할 셈일까.

생각해봐도 답은 나오지 않았고, 에르나로서는 딱히 흥미도 없는 일이었다. 자신 이외에도 플로렌스를 이용하려 하는 인간이 있었던 것이리라고, 의문을 머릿속에서 정리했다.

그러나 플로렌스가 감옥에서 도망쳐 나왔다고 한다면, 자신과 접촉을 꾀할 것은 틀림없었다.

"유감스럽지만, 이 도시와는 이만 작별이네."

한숨을 내쉬면서 에르나는 숙소를 나와 근처에 세워두었던 마차로 향했다.

실려 있는 짐에 해둔 자물쇠를 열어 안을 보았다. 2주 동안 플로렌스에게 훔치게 했던 보석들은 확실하게 마차 안에서 잠들어 있었다.

이제 이 나라에 더 머무는 것은 쓸데없는 짓이리라.

에르나는 마차에 올라타 달리기 시작했다.

멍청한 지인을 속여 얻은 돈을 써서 새로운 일이라도 시작하기로 하자── 멍하니 머릿속으로 생각하면서, 큰길을 나아갔다.

평소보다 조금 소란스러운 마을을 한동안 나아가자, 보안관이 양손을 펼치고 서 있는 것이 보였다.

"잠깐, 거기 마차. 멈춰봐."

"……무슨 일이신가요?"

마차를 세우면서 에르나는 고개를 갸웃거렸다.

"미안하지만 우회해주겠나? 이 앞길은 지금 지나갈 수 없게 됐어."

지나갈 수 없다?

보안관 뒤쪽으로 시선을 돌렸다. 큼직한 파편이 길 위에 굴러다니고 있어서, 아무래도 마차를 달릴 수 있을 것 같지 않았다.

철거 작업을 기다리기보다 길을 돌아가는 편이 빠를 거라고 한다.

"어쩔 수 없네요……."

"미안해."

에르나는 큰길에서 길을 꺾어 다시 마차를 달리게 했다.

아무래도 플로렌스의 도주극은 요란하게 펼쳐지고 있나 보다.

"죄인을 쫓는 중에 마법이 노점에 맞고 말았어."

길을 꺾어 들어간 곳에서도 보안관이 길을 막아섰다. 길 저편을 보니 귤이 성대하게 구르고 있었고, 주민들이 느긋하게 주워 모으고 있는 것이 보였다.

"하아……."

다시 에르나는 우회할 수밖에 없었다.

기묘하게도 그 후로도 가는 곳마다 보안관이 양손을 펼치고서 앞을 가로막고 섰다.

"마법에 돌바닥이 패여버려서." "잿빛 머리카락의 여자가 마법으로 길을 막았지 뭐야." "마녀가 얼음 기둥을 길에 세워놨대. 무슨 목적인지는 모르겠지만." "불만은 잿빛 머리카락의 마녀한테 말해줘. 그 녀석 탓에 큰길은 여기저기 통행금지야."

에르나는 우회하고, 우회하고, 그리고 또 우회했다.

몇 번이고 몇 번이고 같은 일의 반복.

언제까지고 나라 밖으로 나가지 못했고—— 보석을 갖고 도망치지 못하자 그녀는 이윽고 앞을 가로막는 보안관을 향해서 분노를 터뜨렸다.

"저기! 나 아까부터 계속 길을 이리저리 돌고 있는데! 얼른 나라에서 나가게 해줄래?"

오래 있다 보면 플로렌스와 마주칠지도 모른다.

그것만큼은 어떻게든 피하고 싶었다.

"그것참, 그러니까 말이에요. 만사 다 잘 풀리면 불만은 없을 텐데. 정말이지 곤란하다니까요."

초조해하며 언성을 높이는 그녀와 달리 눈앞의 보안관은 웃으며 대꾸할 뿐이었다. 긴장감 없는 모습이 더욱 화를 돋우었다. 에르나는 "장난하는 거야?" 하고 보안관을 노려보았다.

"아뇨 아뇨, 장난하다니 말도 안 되죠."

키득키득 웃으면서 보안관은 말했다.

"그나저나 상당히 급해 보이는데, 대체 어디로 가십니까?"

"……어디로 가든 딱히 상관없잖아."

"짐을 좀 살펴봐도 되겠습니까?"

"뭐? 어째서?"

"아니, 그게, 몹시 서두르는 게 수상하잖아요. 뭔가 켕기는 거라도 실려 있습니까?"

"……윽!"

정확하게 켕기는 물건을 싣고 있었다.

동요를 감추려는 듯이 에르나는 목소리를 높였다.

"케, 켕기는 물건 같은 건 실려 있지 않거든! 당신들이 몇 번이고 길을 막은 탓에 예정대로 풀리지 않아서 짜증이 났을 뿐이야."

"예정 외의 일이 반대로 좋은 결과를 낳는 경우도 있지요."

달래는 듯한 말투로 보안관은 계속해서 이야기했다.

"예를 들면 저희는 마을의 길을 막고 당신을 문 앞에서 기다릴 셈이었는데, 도중에 운 좋게 친절한 보안관님 두 분께 옷을 빌릴 수 있었고, 이렇게 마차를 세우는 역할을 맡을 수 있었죠."

"……뭐?"

무슨 말을 하는 거야?

"예정 외의 일 덕분에 예상보다도 빠르게 당신과 만날 수 있었다, 라는 거죠. 그렇게 생각하면 예정 외의 일이라는 것도 의외로 나쁜 건 아니라고 생각하지 않나요?"

"……너, 대체——."

누구야?

"그래서, 짐을 살펴봐도 될까요?"

당황하는 에르나에게 보안관은 반복해서 말했다.

"협력해주지 않으시면 이쪽은 강제적으로 짐을 열어보게 됩니다만, 그래도 괜찮으시겠습니까?"

"뭐, 뭐? 그런 거, 될 리가 없잖아!"

대체 무슨 일이 일어난 것인지 모르는 에르나는 그저 반사적으로 목소리를 높일 뿐이었다.

"당신, 그리고도 보안관이야?"

"아니 저는 보안관이 아닌데요?"

키득 웃는 보안관── 차림을 한 잿빛 머리카락의 여자.

그러고서 그녀는 마차 뒤로 시선을 보내며 "어떤가요?" 하고 말을 걸었다. 이끌리듯 에르나는 뒤를 돌았다.

"……어?"

놀랐다.

열쇠를 잠가두었을 터인 짐이 열려 있다.

안에서 "아, 있어요!" 하고 귀에 익은 목소리가 울렸다.

"제가 훔친 보석류, 전부 무사해요!"

이어서 불쑥 이쪽으로 고개를 내민 것은 보안관 제복을 몸에 걸친 한 여자── 역시나 눈에 익은 얼굴.

플로렌스였다.

"너──."

속았다. 걸려들었다.

여기에 다다르기까지의 길이 전부 함정이었던 것이리라. 깨달

앗을 때는 이미 손쓸 도리가 없었다. 주위를 둘러보니 보안관들이 보석이 실린 마차를 가리키면서 달려오는 것이 보였다.

도망칠 길은 이제, 없다.

"쳇……."

분한 감정을 얼굴에 드러내며 혀를 차는 에르나.

플로렌스는 말했다.

"훔친 거, 전부 돌려주세요."

이 나라에 있는 **나쁜 도적들**과 대치했던 때처럼.

○

사라졌을 터인 보석을 전부 갖고 있던 에르나 씨는 곧바로 체포되었고, 자신이 벌인 일을 전부 자백했습니다.

오해가 풀린 플로렌스는 떳떳한 자유의 몸. 그렇다고 해도 실행범으로서 가택에 침입해 도둑질을 한 것에 변함은 없었고, 약간의 벌금이 부과되게 되었다고 합니다.

저희는 이후 여기저기 통행이 막힌 길의 수복과 도난당한 보석의 반환을 위해 보안관들과 함께 온 도시를 왔다 갔다 하게 되었습니다.

애초에 길의 통행을 막는다는 것은 플로렌스 씨의 생각이었습니다.

마을을 도망 다니던 때의 일입니다.

"저, 생각이 좀 있는데요──."

빗자루 뒤에 타 있던 그녀는 제게 말했습니다.

"마을 여기저기를 통행 제한하고, 에르나의 방향을 유도하는 거예요!"

그건 마치 농담 같은 제안이라고 생각했습니다.

하지만 제가 고개를 끄덕이고 그녀를 위해 지팡이를 휘둘렀을 때, 플로렌스 씨는 마치 도시 전체를 내려다보고 있는 것처럼 잇따라 지시를 내렸고, 보안관들을 차례차례 분단시키면서도 에르나 씨의 마차가 지나갈 길을 차례차례 봉쇄해나갔습니다.

"──아앗! 여기 있었구나!"

뭐, 도중에 상정 외의 사태가 일어나기도 했습니다만.

"에잇!"

펑 하고 지팡이가 날려간 직후.

저는 품에서 또 한 자루의 지팡이를 꺼내 이쪽으로 다가오는 마법사 두 사람을 요격했습니다.

"──어?"

두 사람은 제 앞뒤에서 제각기 어리둥절한 표정을 짓고 있었습니다.

저에게서 지팡이를 빼앗은 순간 승리를 확신했었을 테죠. 방심하고 있던 두 사람은 제 마법에 제대로 당했고, 그 자리에서 쓰러졌습니다.

"오, 오오……."

대단하다며 짝짝 박수를 치는 플로렌스 씨.

아뇨 아뇨 뭐 그 정도까지는.

저는 튕겨 날아간 지팡이를 주워들면서 그녀에게 말했습니다.

"지팡이는 제 장점을 살리기 위한 도구잖아요? 예비 지팡이가 없을 리 없잖아요."

장점을 살릴 수 있는 환경을 준비해두는 것은 당연한 일. 저의 경우 지팡이를 빼앗기면 할 수 있는 일이 격감하니, 대책 정도는 마련하고말고요.

"오오……."

여전히 짝짝 박수를 치는 플로렌스 씨.

"뭐, 앞으로 자신의 재능을 살리는 데 참고해주세요."

그렇게 뽐내는 표정을 짓는 저.

"그나저나 예상하지 못한 전개가 되어버렸네요."

길 위에 쓰러진 두 마법사를 내려다보는 저.

몸에 걸친 제복으로 보아 이 나라 보안관이라는 것은 틀림없겠지요.

"우, 으으……." "제길……."

분한 듯 그녀들은 저희를 올려다보고 있었습니다.

"일레이나 씨, 어쩌죠? 여기 있으면 동료를 부를지도 모르니까…… 일단, 다시 도망칠까요?"

소심한 플로렌스 씨.

저는 고개를 저었습니다.

"아니요. 오히려 잘됐습니다."

그리고 지팡이를 조작해 저는 여성 보안관들의 양손을 구속했습니다.

"어?" "무슨 짓이야!"

놀라는 두 사람.

"후후후……."

웃는 저.

"일레이나 씨?"

그리고 당황하는 플로렌스 씨.

뭐 하는 건가요? 그리 말하고 싶은 듯 보였습니다.

외람되지만 설명하지요.

"이 사람들 옷을 빌리죠."

그리고 보안관인 척하면서 제가 마차를 세우고, 시간을 버는 사이에 플로렌스 씨가 보석 소재를 조사하는 겁니다.

어떤가요?

"과, 과여언……."

저의 완벽한 작전에 플로렌스 씨는 약간 당황하면서 고개를 끄덕였습니다.

너무 놀라서 어떻게 반응하면 좋을지 모르는 거로군요. 다 압니다.

"그런고로, 두 분? 협력해주시겠어요?"

천천히 걸음을 옮기는 저.

그녀들의 표정에서 명백한 공포가 떠올랐습니다.

"도, 동료들을 부를 거야!" "그만둬! 다가오지 마!"

"후후후후후후후……."

조금씩 거리를 좁힌 후.

"저희를 위해 한 팔 걷어붙여 주시겠어요?"

그리고 저는 두 사람에게 손을 뻗었습니다.

"시, 싫어어어어어어어어어어어어어어어어어엇!"

뒷골목에 두 보안관님의 비명이 메아리쳤지만, 유감스럽게도 도와줄 사람은 나타나지 않았습니다.

플로렌스 씨가 사전에 분단해준 덕분이로군요!

"저 이런 걸 위해서 분단한 게 아닌데요……."

보안관님에게 빌린(벗겨낸) 제복을 입으면서 플로렌스 씨는 탄식했습니다.

어쨌든 그러한 흐름을 거쳐, 저는 에르나 씨를 멈춰 세울 수 있었고.

아무튼 플로렌스 씨와 함께 보석을 되찾는 데 성공했습니다.

"──정말로, 죄송했습니다!"

그러고서 플로렌스 씨는 온 마을의 집들을 돌며 직접 보석을 돌려주었습니다.

당황하는 사람, 어이없어하는 사람, 혹은 안도의 한숨을 흘리는 사람 등, 반응은 제각각. 하지만 보안관님들과 본인의 설명 덕분인지 화를 내는 사람은 아무도 없었습니다.

"너, 우리 집 지붕을 수리해준 아이지? ……보석을 훔친 범인이라는 말을 들었을 때, 뭔가 잘못된 게 아닌가 생각했어."

아주 착한 아이로 보였으니까── 보석을 도난당한 피해자 중 한 사람이 말했습니다.

그렇게 해가 저물 무렵엔 마을에서 일어난 소동도, 보석도 전부 원래대로.

주위는 고요한 밤에 감싸여갔습니다.

"이, 일레이나 씨도, 감사했습니다……!"

일을 다 마친 피로감에 한숨을 내쉬는 제게 플로렌스 씨는 꾸벅 고개를 숙였습니다.

"일레이나 씨 덕분에, 저 여기서 하고 싶은 일을 잔뜩 찾을 수 있을 것 같아요……!"

종일 날아다니고, 그 직후에 온 마을에 고개를 숙이고 다니느라 지쳤을 거라고 생각했는데, 이쪽을 바라보는 그녀의 얼굴은 활력 넘쳐 보였습니다.

착하기만 할 뿐.

다른 건 아무것도 없다.

지금, 제 눈앞에 있는 것은 그런 식으로 자신을 평가했던 그녀가 아니었습니다.

똑똑하고, 강하고, 그래서 타인에게 손을 내밀 수 있는 한 명의 소녀가, 그곳에는 분명하게 있었습니다.

"딱히 당신을 위해서 한 건 아닙니다."

어깨를 움츠리며 저는 대답했습니다.

"그래도 저는 도움을 받았으니까요."

그러니까 감사 인사는 해야만 해요.

밤의 어둠에 감싸였어도 여전히, 눈부실 정도의 미소로, 그녀는 말했습니다.

○

하지만 정말로 플로렌스 씨를 위해서 한 일은 아니었는데요.

"후후후후후……."

플로렌스 씨와의 소동이 있었던 다음 날의 일입니다.

저는 다시 보안국으로 걸음을 옮겼습니다.

이런 곳에 대체 무슨 용건이 있는 건가 싶을 테지요. 그럼 얼마 전 바로 이곳에서 일어났던 일을 돌이켜 보겠습니다.

좀처럼 입을 열지 않는 플로렌스 씨 때문에 애를 먹고 있는 보안관들.

"사실 저는 플로렌스 씨와 아는 사이입니다."

그렇게 보안국으로 뛰어든 저.

그러고서 저는 그들에게 제안을 드렸습니다.

"괜찮다면 보석 소재를 밝혀드릴까요? 물론 성공하면 보수는 받겠습니다만."

등등.

뭐, 대충 요약하면 이런 느낌의 일이 있었습니다만.

그 이후의 일을 말씀드리자면, 아시는 대로 저희는 보석의 소재를 밝혀냈습니다.

그렇다는 것은 보안관님들의 의뢰는 훌륭하게 완수했다는 것이며, 그것은 바로 보수를 받을 권리가 있다는 뜻이었습니다.

그렇죠?

그런고로 방긋 웃으며 저는 보안국 출입문을 열었습니다.

"뭐? 보수? 그런 걸 너한테 줄 리가 없잖아."

연 직후에 혼났습니다.

이건 대체?

고개를 갸웃거리는 제게 보안관님들은 어처구니없어하며 자료를 건넸습니다.

"이게 뭔가요?"

거기에 적혀 있던 것은 마법을 이용한 수복 작업으로도 어찌할수 없었던 피해—— 길에 쏟아졌던 과일, 통행 제한의 피해로 일을 제대로 하지 못했던 상인들, 그 외 이것저것. 저희가 도망쳐다닌 탓에 일어난 피해들이 쭉 적혀 있었습니다.

"피해액은 너한테 줄 보수를 훨씬 웃도는데."

"에엑……."

"오히려 돈을 받지 않는 걸 감사히 여기라고."

"에엑……."

"그리고 너, 우리 동료의 제복을 훔쳤지?"

"나중에 제대로 돌려드렸는데요."

"제복을 도난당했던 동료한테서 '왠지 훔칠 때의 눈초리가 징그러웠던 것 같다'라는 증언이 나왔는데."

"에엑……."

힐끗 뒤를 돌아보는 보안관님.

어제 저와 플로렌스 씨에게 제복을 빌려주었던 두 보안관님이 뒤쪽에서 이쪽을 빤히 바라보고 있었습니다.

마치 범죄자 같은 취급…….

"보수는커녕 소송장을 전달하고 싶을 정도인데."

"에에에엑……."

경악하는 저.

"아무튼 너한테 줄 건 아무것도 없어!"

딱 잘라 단언하는 보안관님.

결국 더는 말도 붙여볼 수 없었고, 기대했던 보수는 전혀 받지 못했습니다.

이게 어떻게 된 일인가요.

보안국에서 나온 저는 아주아주 낙담했습니다.

"설마 일이 이렇게 될 줄은……."

조금 지나치게 날뛰었나 봅니다.

"적어도 점심값 정도는 벌었으면 했는데요……."

꼬르르륵, 제 배가 울기 시작했습니다. 어차피 보수를 잔뜩 받을 거라 자신한 탓에 지갑은 숙소에 두고 나온 상태. 다시 가지러 가야만 합니다.

"귀찮네요……."

그리고 크게 한숨을 내쉬면서 저는 중얼거렸습니다.

그때 누군가 제 어깨를 두드렸습니다.

"괜찮다면 제가 밥을 사드릴까요? 일레이나 씨."

고개를 돌려보니, 눈에 익은 사람이 한 명.

플로렌스 씨였습니다.

"이 근처에 좋은 가게가 있거든요. 괜찮다면 같이 어떠신가요?"

도시 대부분의 길을 아는 그녀의 제안. 그렇다면 맛있는 가게

©Azure

이리라는 것은 의심할 여지가 없습니다.

"그래도 되나요?"

"물론이죠."

그렇다면 기꺼이 그렇게 하기로 할까요.

저는 고개를 끄덕이면서 말했습니다.

"착하시네요."

그리고 플로렌스 씨는, 미소를 띠며 대답했습니다.

"그게 제 장점이니까요."

"으음…… 곤란한걸……."

한 가게의 채소 매대 앞.

한 여성이 난처한 모습으로 미간을 찌푸리고 있었습니다.

대체 무슨 일이 있는 걸까요?

그녀는 혼자 중얼거렸습니다.

"마늘, 어떻게 할까……. 오늘은 페페론치노 기분이지만, 내일은 데이트가 있고……. 으음……."

페페론치노라고 하면 마늘을 듬뿍 넣은 파스타.

한번 먹고 나면 다음 날까지 냄새가 신경 쓰일 것은 명백. 한창 때의 여성인 그녀로서는 사활이 걸린 문제라 할 수 있습니다.

그러나 오늘은 마늘 기분. 먹고 싶지만 먹을 수 없다. 알기 쉬운 딜레마에 빠져 있는 모습.

누군가 그녀를 도와줄 멋진 분은 안 계신 걸까요?

"곤란한 모양이군요."

불쑥, 갑자기 나타난 것은 누구인가.

그렇습니다. 저입니다.

"어? 누구?"

"마늘 요리를 먹고 싶지만 먹을 수 없다…… 그런 상황, 있죠."

응응 하고 고개를 끄덕이는 저.

"아니, 저기…… 누구?"

"그런 당신에게는 이것!"

"무시?"

무시입니다.

고개를 갸웃거리는 여성의 손에 탁! 마늘을 올려놓는 저. 보통 마늘보다 살짝 작은 마늘이었습니다.

그녀는 고개를 갸우뚱했습니다.

"이건?"

"이건 제가 최근 품종 개량을 실시한 최신 마늘입니다."

"최신…… 마느을……?"

미심쩍어하는 여성.

"후후후. 마치 마늘을 먹은 것만 같은 얼굴을 하고 있군요."

"평범하게 수상해하고 있을 뿐인데."

"확실히 갑자기 품종 개량했다는 말을 들어도 의심스럽죠. 이해합니다."

"현시점에서는 마늘보다 당신 쪽이 수상한데."

"그건 그렇다 치고, 이 마늘의 대단함, 궁금하지 않으십니까?"

"무시?"

무시입니다.

저는 그녀에게 바짝 얼굴을 들이밀면서, 진지한 표정을 지었습니다.

"이 마늘은…… 무려 통상 마늘보다도 냄새 성분을 50퍼센트 감소하는 데 성공한 훌륭한 물건입니다!"

"50퍼센트!"

돌연 눈을 부릅뜨는 그녀.

50퍼센트. 즉 절반.

냄새가 반으로 줄면 설령 내일이 데이트라고 해도 그다지 신경 쓰이지 않을 겁니다. 그야말로 그녀를 위한 마늘이라 해도 과언이 아니지 않겠습니까?

저는 그녀의 귓가로 입을 가져가, 숨을 불어넣듯이 말했습니다.

"어떤가요……? 갖고 싶지 않습니까?"

그것은 마치 유혹을 하는 듯했고.

여성은 당황하는 느낌으로 저를 올려다보았습니다.

"하, 하지만…… 비싸겠지?"

그 말을 기다리고 있었습니다.

저는 요염한 느낌으로 속삭였습니다.

"후후후…… 지금이라면 무려, 보통 마늘의 반값에 드리도록 하겠습니다."

"바, 반값……?"

그렇습니다. 반값입니다. 저는 고개를 끄덕이면서, 마법의 말을 덧붙였습니다.

"네. 당신에게만, 특별히…….."

"나한테만, 특별히……!"

이쪽을 보는 그녀.

함락되었군요.

결의로 가득한 모습으로 그녀는 말했습니다.

"살게."

"구입 감사합니다."

저는 그 자리에서 돈을 받았습니다.

거래 성립.

저도 그녀도 무척 만족스러운 결과가 되었습니다.

"그건 그렇고, 그저 마늘 냄새 때문에 당신을 싫어할 남자는 그 만두는 편이 좋습니다."

"갑자기 무슨 말을 하는 거야."

○

한 가게의 채소 매대를 떠난 후.

저는 곧장 근처 노점을 찾아갔습니다.

사실, 오늘은 심심풀이 삼아서 노점 일을 거들고 있었습니다.

"팔았습니다."

번 돈의 일부를 여기요 하고 건네는 저.

가게주인은 놀란 모습으로 저를 올려다보았습니다.

"아가씨 대단한걸. **그냥 작을 뿐**인 마늘을 순식간에 팔아버리다니. 대체 무슨 마법을 부린 거야?"

마법이라니 말도 안 됩니다.

"말하는 법을 살짝 궁리했을 뿐입니다."

예를 들면 크기가 절반이라면 냄새 성분도 당연히 절반.

확실히 모든 건 말하기 나름입니다.

그것은 오랜 옛날 일.

제가 스승님께 '별무리의 마녀'라는 이름을 받은 후── 즉, 별무리의 마녀 프랑으로서 혼자 여행하던 때의 이야기입니다.

어느 바닷가에서 만난 남성이 자신이 사는 집을 제게 소개해주었습니다.

아주 특이한 집이었기 때문에 잘 기억하고 있습니다.

"어머나…… 이건 뭔가요?"

사방팔방으로 뻗은 나무들.

그가 사는 집은, 그 중앙.

수평으로 쳐진 거미줄 위에 잡힌 사냥감처럼도 보였습니다.

집 주변에 서 있는 나무들에서 밧줄이 뻗어 나와, 집의 토대 부분에 묶여 있었습니다. 보강을 위해서인지 발판으로 삼기 위해서인지 밧줄끼리는 나선형으로 빙글빙글 감겨 있었습니다. 남성은 그 밧줄 위에서 사다리를 내린 후에 내려왔습니다.

"이건 내가 개발한 집이야. 당신 여행자 맞지? 괜찮으면 보고 가줘."

자신의 멋진 집을 타국과 상인에게 소개해달라는 걸까요?

"상당히 예술적인 집이로군요……."

예술가님이나 뭐 그런 겁니까? 저는 물었습니다.

그러자 바로 이상한 얼굴을 했습니다.

"뭐? 예술적? 아니…… 그런 생각으로 이 집을 만든 건 아닌데……."

"그럼 어째서 이런 집을?"

저는 고개를 갸웃거렸습니다.

그러자 남성은 기다렸다는 듯이 이야기했습니다.

"마녀님, 알겠어? 충분한 대비라는 게 무엇보다 중요하다고."

그러고서 그는 사다리 위에 있는 집으로 저를 안내해주었습니다.

아무래도 그가 이 집을 만든 이유는, 온갖 사고나 재해로부터 자신을 지키기 위해서인가 봅니다.

그는 제게 말했습니다.

"집이라는 건 토대 부분에 충해가 발생하기도 하고 그러잖아?"

그래서 집을 공중에 띄운다고 하는 발상을 했나 봅니다.

"이 주변 지방은 밤에 짐승이 어슬렁대기도 하거든."

그래서 집을 공중에 띄운다고 하는 발상을 했나 봅니다.

"보시다시피 우리 집 주변은 바다야. 해일이 오면 잠깐도 못 버텨."

그래서 이하 생략.

"지진이 오면 진동에 버티지 못할지도 몰라. 하지만 나무들 위에 있으면 충격을 흡수해주지."

이하 생략.

"어때? 대단하지?"

그러니까 그의 생각으로는, 공중에 띄운 집이라는 것은 온갖 사고나 재해를 막기 위한 가장 적절한 수단이라고 합니다.

자신의 너무나도 훌륭한 발상, 그리고 실제로 만들어낸 집을 그는 몹시 자랑스러워하는 듯했습니다.

저는 그런 그의 모습에 탄식을 한 번 하면서 대답했습니다.

그러니까.

"극단적이네요……."

○

어느 곳에 여행하는 마녀가 있었습니다.

그렇습니다. 저입니다.

제가 그날 여행 도중에 만난 것은 아주 기묘한 집에 사는 남성이었습니다.

그렇다기보다 그곳은 집이라 부르기에는 너무나도 낡고 허름한 곳이라고도 할 수 있었습니다.

"이건 뭔가요?"

머엉 한 모습으로 저는 그가 방금 나온 곳을 바라보았습니다.

그것은 마치 잔해 같았습니다.

사방팔방에는 부러진 나무들.

그 한가운데에, 마치 위에서 무언가가 내동댕이쳐진 것처럼 통나무가 쌓여 있었습니다. 폐허 혹은 쓰레기장이라고 하는 편이 좋을지도 모르겠습니다.

"이건 내 집이야."

집이라고 합니다.

실례했습니다.

"상당히…… 그, 예술적인 집이로군요…….

신중하게 말을 고르는 저. 배려심이 넘쳐서 반해버리겠네요.

"예술적? 그런가? 나는 딱히 그런 생각으로 이 집에 사는 건 아닌데."

"그럼 어째서 이런 집에?"

좀 더 제대로 된 집에 사는 게 어떤지? 하고 저는 물었습니다.

사고나 재해가 일어났을 때, 이런 집으로는 큰일이 아닌지?

그러자 남성은 기다렸다는 듯이 말했습니다.

"마녀님, 알겠어? 대비해봤자 사는 데는 아무런 도움도 안 돼."

그러고서 그는 제게 집을 안내해주었습니다.

아무래도 그는 생각이 있어서 이런 집에 살고 있나 봅니다.

"나도 옛날엔 사고나 재해에서 몸을 지키기 위해 완벽한 집을 지었었지. 하지만 사고나 재해라는 건 언제나 예상외의 방향에서 덮쳐오는 법이야."

"네에."

"예를 들어 나무들 위에 집을 만들잖아? 온갖 사고나 재해를 막을 수 있는 완벽한 집이지."

"네에."

"그런데 이런 완벽한 집도 어느 날 갑자기 못쓰게 돼버렸어. 왜인지 알아?"

"자체 무게로 부러진 거 아닌가요?"

올려다보면서 대답하는 저. 어디를 어떻게 보아도 부러진 나무들 한가운데에 집이 연결되어 있었던 것 같은 느낌밖에 안 들었습니다. 아마도 너무 무거워서 무너져버렸을 테지요.

"…………."

침묵하는 남성.

이거 정곡을 찔렀나 봅니다.

"아무튼, 대비를 아무리 해도 예상외의 사태는 언제든 생기는 법이야."

"아니 집이 부러지는 건 간단히 예상할 수 있을 것 같은데요——."

"그런고로!"

무리하게 제 말을 자르고 그는 말했습니다.

"나는 거기서 생각했지. 아무리 대비해도, 불행은 갑자기 찾아온다. 그렇다면 어떻게 해야 할까?"

"글쎄요……."

"어떻게 했을 것 같아?"

그렇게 물으신들.

"……어떻게 하셨나요?"

물어봐 주기를 바라는 것 같았기 때문에 저는 질문해드렸습니다.

그러자 그는 "후후후…… 모르는 건가" 하고 의기양양한 표정을 지으며 제게 대답했습니다.

"대비해도 소용없으니 자연 그대로의 상태로 살기로 한 거야!

즉, 자연과의 공생이지!"

이거야말로 최적의 해법이다! 하고 그는 단언했습니다.

어차피 소용없어질 거라면 아무것도 하지 않는 것이 제일이라는 것일까요.

자신의 너무나도 훌륭한 발상, 그리고 실제로 실현하고 있는 현재 상황을 그는 몹시 자랑스러워하는 듯했습니다.

저는 그런 그의 모습에 탄식을 한 번 하면서 대답했습니다.

그러니까.

"극단적이네요……."

제 6 장

어느 나라에서.

숙소 로비에 있는 소파에 앉아 쉬면서 취미인 독서를 즐기는 마녀가 한 명 있었습니다.

머리카락은 잿빛, 눈동자는 유리색. 읽는 책의 장르는 미스터리. 검은 로브를 입었고, 무릎 위에는 삼각 모자가 하나.

보이는 그대로 한가한 시간을 유유자적하게 보내고 있는 그녀는 대체 누구일까요?

그렇습니다. 저입니다.

"……조금 북적이기 시작했네요."

책에서 시선을 떼고 멍하니 로비를 둘러보면서 저는 중얼거렸습니다.

비가 창 유리를 톡톡 두드리기 시작한 것이 조금 전. 도망치듯 허둥지둥 숙소로 들어온 사람이 로비에 넘쳐났습니다.

"엄청난 비예요! 젖어버렸잖아요!"

입구 근처에서는 비싸 보이는 옷을 적시고 만 여성 손님이 문을 노려보며 화내고 있거나.

"이쪽으로 오시죠. 아가씨."

그 옆에서 수행원 같은 사람이 수건을 내밀거나.

"그것참 엄청난 비였어." "그러게."

여행 중인 것으로 보이는 부부가 담소를 나누거나.

"……1박으로 부탁해."

아마도 혼자 여행 중인 듯한 남성이 카운터에서 체크인 절차를 밟고 있거나.

"비 오는 날의 숙소라…… 사건의 냄새가 나는군……."

혹은 시리어스한 표정을 지으며 주변을 둘러보는 댄디한 아저씨가 있거나.

"신입! 다음은 이쪽이야!"

"죄, 죄송합니다!"

혹은 정신없이 숙소 안을 뛰어다니는 신입 종업원분과 어른스러운 분위기의 선배 종업원분의 모습이 있거나.

여기저기에 사람의 모습이.

"자, 수행원. 어서 체크인하세요."

이제 막 숙소에 들어온 아가씨는 짐을 로비 한쪽── 마침 제가 앉아 있는 소파 근처까지 옮기게 한 다음, 머리카락을 말리면서 수행원분에게 명령했습니다.

"예! 그럼 아가씨는 여기서 잠시 짐을 지켜봐 주십시오."

"그럼요."

수행원분은 아가씨에게 고개를 숙여 보이고 카운터 쪽으로 걸어갔습니다.

이제부터 두 사람이 체크인을 마칠 때까지 얼마나 시간이 걸릴까요? 혼잡한 로비 안에서 제법 기다려야 하리라는 것만큼은 명백.

아마도 그녀 자신도 어느 정도는 예측한 것일 테지요.

아가씨는 작은 한숨을 내쉬었습니다.

제가 만약 그녀의 입장이었다면, 분명 자리에 앉아서 느긋하게 기다리고 싶다고 생각할 것입니다.

어쩌면 옆의 소파에서 느긋하게 독서를 하고 있는 여행자를 보며 '아, 자리 양보해주지 않으려나' 같은 생각을 할지도 모릅니다. '내가 지친 걸 모르는 건가' 하고 생각하면서 힐끔힐끔 시선을 보내거나 할지도 모릅니다.

"괜찮다면 여기 앉으시겠어요?"

그런고로 무릎에 있던 삼각 모자를 쓰고, 그리고 테이블에 올려놓았던 책갈피를 책 사이에 끼우면서 자리에서 일어났습니다.

배려의 화신.

이 얼마나 훌륭한 마녀인가요. 반해버리고 말겠군요.

"어머나. 그래도 괜찮을까요?"

"책은 어디서든 읽을 수 있으니까요."

뒤는 숙소의 방에서 느긋하게 읽는 편이 주변에 방해도 되지 않을 테지요.

"그럼 사양하지 않을게요. 감사드려요."

"아뇨 아뇨."

손을 살랑살랑 흔들면서 저는 그녀에게서 멀어졌습니다.

그렇다고는 해도 일찍 방으로 돌아간들, 해야 할 일이 있는 것도 아니었기 때문에 저는 이어서 로비 안을 어슬렁어슬렁 탐색하기로 했습니다.

사실, 제가 오늘 묵는 이곳은 평범과는 조금 거리가 있는 숙소였던 것입니다.

'안개의 점술사님 코너.'

로비 구석 쪽.

수상한 검은 후드로 얼굴을 가린 마네킹이 예의 바르게 의자에 앉혀 있었습니다. 테이블에는 역시나 수상한 카드 다발.

"카드를 이용한 점술이 특기인 안개의 점술사님은 데뷔해서 은퇴할 때까지 수많은 저명인사의 미래를 알아맞혔다. 안개처럼 나타나, 안개처럼 사라져간 그녀는 그야말로 전설의 점술사다——."

옆에 있는 간판의 설명문을 읽으면서 저는 흠흠 하고 고개를 끄덕였습니다.

아무래도 여기는 유명한 안개의 점술사님인가 하는 사람의 지명도 덕을 보고 있는 숙소인가 봅니다.

"아, 손님! 혹시 안개의 점술사님의 팬분이십니까?"

아마도 묵으러 오는 손님의 대부분—— 나아가서는 종업원도 또한 그녀의 팬인 경우가 많은 것일 테지요.

조금 전부터 로비 안을 바삐 돌아다니던 종업원분이 눈을 빛내면서 제 옆에 서 있었습니다.

가슴의 이름표에는 '연수 중'이라는 글자.

신입분인가요.

"어떤 점을 좋아하시나요? 미스터리어스한 부분인가요? 아니면 신기한 부분인가요? 혹시 수상한 부분인가요?"

전부 같은 의미가 아닌지……?

하고 고개를 갸우뚱하는 저.

신입분은 몰아붙이듯이 "괜찮다면 안개의 점술사님의 좋아하

164 마녀의 여행 20

는 점을 잔뜩 이야기하죠! 저는 점술사님의 엄청난 팬이거든요!"

하고 흥분하면서 불쑥 얼굴을 이쪽으로 들이밀었습니다.

아뇨 아뇨.

"저는 딱히 팬도 뭣도 아닙니다만."

"에에에에에에에에에에에에에에에에에에에엑!"

과장되게 충격을 받는 신입분.

조금 성가신 기분을 느끼면서도 저는 이왕 말을 걸어주었으니, 하고 안개의 점술사님에 관해서 물어보았습니다. 애초에 어떤 인물이었던 겁니까?

아무것도 모르니 가르쳐주시겠습니까?

그녀는 "기꺼이!"라며 답해주었습니다.

"안개의 점술사님은 작년까지 활약했던 점술사님이에요."

나타난 것은 4년 전.

길가에 가게를 연 것이 시작이었다고 합니다.

카드 다발에서 한 장씩 뽑아 나온 그림의 방향과 순서로 상대의 운세를 점치는 법이 특기로, 작년까지 3년 동안 많은 사람들을 점쳤습니다.

그녀의 점술은 기본적으로 백발백중.

생김새는 언제나 후드를 깊게 뒤집어쓰고 있었기 때문에 보이지 않았지만, 주로 남성 손님들에게는 "스타일이 상당히 좋다"라는 평판을 받았다고 합니다. 참고로 좋아하는 것은 갓 구운 버섯. 언제나 점을 보는 테이블 한쪽에 놓아두고 집어 먹었다고 합니다. 저와는 양립할 수 없는 취향을 가지고 있었다는 거로군요. 과연.

기본적으로 그녀는 일정하게 정해진 곳에서 점을 보지 않았고, 언제나 깨닫고 보면 길 어딘가—— 때로는 가게 어딘가에서 점을 보기 시작할 정도로 신출귀몰했다고 합니다. 그러나 그런 그녀를 뒤쫓는 열정적인 팬은 많았고, 일단 점을 보기 시작하면 장사진을 이루었다나요.

　"그런데 작년에 갑자기, 이 숙소에서 점을 본 것을 마지막으로, 그녀는 은퇴를 표명했어요——."

　너무나도 갑작스러운 일에 사람들은 놀랐습니다. 이유를 묻는 팬에게 그녀는 "조금 조용히 지내고 싶어요"라고 답했다고 합니다.

　그녀의 모든 동향에 사람들이 주목하고, 치켜세우는 것에 지쳤나 봅니다.

　이후, 그녀는 극히 평범한 생활로—— 이 마을 어딘가로 자취를 감추어버렸다고 합니다.

　"그리고 지금은 전설이 된 그녀를 기리기 위해 이렇게 의상과 카드 복제품을 만들어서, 이 숙소의 전용 공간에 장식하게 되었던 거예요."

　"그렇습니까……."

　안개의 점술사님은 이러한 취급이 싫어서 은퇴한 것이 아닌지……?

　"어떠신가요? 마녀님. 들리지 않나요? 안개의 점술사님의 의상과 카드가 점을 치고 싶어 하는 목소리가……."

　"이거 복제품이지 않은가요?"

　"참고로 제가 만들었습니다."

"그렇습니까."

"저에게는 들려요……. 의상과 카드가 안개의 점술사님을 기다리는 목소리가……."

"환청이 아닐까요……."

"쿰을 보고 싶어……. 방금 들렸잖아요!"

"당신가성으로무슨말을하는겁니까."

어이없어하는 저.

그 옆에서 그녀의 선배 종업원분이 "신입. 이런 데서 뭐 하는 거야?"라며 미소를 띠면서 화내고 계셨는데, 아마도 그녀의 귀에는 들리지 않았을 테지요.

툭, 어깨를 치는 선배분.

"흐엥?" 하고 돌아본 신입분은 히이익 하고 소리를 지르며 놀랐습니다.

"서, 선배! 대체 어째서 이런 데——!"

"네가 갑자기 없어져서 찾으러 온 거잖아."

싱긋 웃으며 대꾸하는 선배분.

그녀는 이어서 신입분의 팔을 쭉 잡아당겼고.

"바쁘니까 갑자기 자리를 이탈하지 마! 따라와!"

그리 말하며 연행.

"아, 아니, 잠깐만요! 저 아직 안개의 점술사님 이야기가 끝나지 않아서——."

"일도 아직 끝나지 않았잖아!"

지당하신 말씀.

"안 돼애애애애애애애애애애애애애애애애애애······!"

그렇게 신입분은 질질 끌려서 숙소 안쪽으로 사라졌습니다.

"······뭐였던 건가요."

이상한 숙소로군요── 그리 중얼거리면서도, 저는 새삼 주변을 살폈습니다.

잠시 본 것만으로는 잘 알 수 없었지만, 아마도 오늘 이 숙소 로비에 모인 손님들의 대부분이 안개의 점술사님 팬분인 것일 테지요.

예를 들면 한쪽에서 담소를 나누는 부부가 입고 있는 것은 색만 다른 커플룩. 가슴께에 '안개의 점술사 최고!'라고 쓰여 있습니다. 좀 구려······.

예를 들면 조금 전에 체크인하던 혼자 여행하는 중인 남성이 가방에 매달고 있는 것은 점술사님을 본뜬 인형.

물건이나 사람의 팬이라면 굿즈나 관련된 물건을 모으고 싶다, 몸에 지니고 싶다고 느끼는 것은 당연하다고 말할 수 있을 겁니다.

혹 제가 어쩌다 유명해지거나 하면 평소 몸에 지니고 있는 가방이나 옷 복제품이 만들어지거나, 또는 제 모습을 본뜬 조각상이나 무언가가 잔뜩 만들어질지도 모릅니다. 꿈이 커지네요!

"············."

그나저나 다른 이야기입니다만, 굿즈나 관련된 물건 중에는 좀처럼 세상에 나오지 않는 귀중한 한정품 같은 것도 있는 법입니다. 예를 들면 저자가 직접 사인한 유명한 책 등은 그것만으로 유일무이한 희소성을 자랑하는 법이라, 팬으로서는 어떻게든 구하고 싶어진다고 할 수 있습니다.

그리고 아마도 안개의 점술사님이 마지막 무대로 선택한 이 숙소에 묵는 손님 중에도, 그런 귀중한 것을 가진 분이 있었던 것일 테지요.

"꺄아아아아아아아아아아아아아아아아아아아아아아아악!"

절규.

마치 시체라도 발견한 것 같은, 절망으로 가득한 목소리. 놀라면서 고개를 돌리자, 조금 전 제가 자리를 양보해드렸던 아가씨가 양손에 얼굴을 묻고서 떨고 있었습니다.

대체 무슨 일인 걸까요?

"손님…… 왜 그러시나요?"

곧바로 달려온 선배 종업원분이 물었습니다.

"없어……!"

그녀는 덜덜 떨리는 목소리로 답했습니다.

"……네?"

고개를 갸웃거리는 선배분.

"없다고!"

부릅! 눈을 크게 뜨고, 그리고 아가씨는 소리쳤습니다.

말하길.

"안개의 점술사님 사인이 들어간 카드가, 아무 데도 없다고!"

도난당했어! 라고.

그녀는 단호하게 말했습니다.

　　　　　　　　　○

　안개의 점술사님은 은퇴 당시, 자신이 점을 볼 때 썼던 카드 중
세 장에 사인을 해서 그 자리에 있던 손님에게 건넸다고 합니다.
　한 장은 이 나라에 사는 부호의 손에 들어갔고, 그리고 또 한
장은 어째선지 미술관에 전시되었고, 그리고 마지막 한 장은 지
난 1년 동안 옥션으로 흘러 들어갔다나요.
　"──일련의 일들에서 알 수 있듯이, 사인이 된 카드는 아주 귀
중하고 아주 비싸다고요! 이제 전설급의 물건이라 말해도 과언이
아니에요!"
　도난당한 카드는 아무튼 터무니없을 만큼 비싼 물건으로, 수많
은 콜렉터즈 아이템 중에서도 가장 귀하다 해도 좋을 정도라고
합니다.
　소란을 듣고서 다시 돌아온 신입분이 흥분해서 멋대로 이야기
해주었습니다.
　"당신, 일은 괜찮은 겁니까?"
　"홋…… 들키지 않으면 괜찮아요."
　휙 하고 엄지로 로비 구석 쪽을 가리키는 신입분. 그곳에는 카
드를 도난당하고 만 아가씨의 이야기를 진지하게 귀 기울여 듣는
선배 종업원분의 모습이 있었습니다. 즉, 엄격한 선배의 시선이
닿지 않으니 제멋대로 행동한다는 건가요. 과연, 그렇군요. 고개
를 끄덕이는 저. 직후에 선배분이 펜을 투척했습니다.
　"끄아악!"

탁! 신입분의 이마에 펜이 직격했습니다.

"들켰는데요."

"저 사람은 뒤통수에 눈이 달렸어요⋯⋯."

"그냥 당신이 너무 알기 쉬워서인 게 아닐까요?"

카드를 훔친 인물도 신입분만큼 알기 쉽다면 로비 구석에 서 있는 제 눈에도 띌 텐데, 둘러보는 한 시야에 들어오는 것은 아가씨를 걱정스레 바라보는 분들뿐.

누가 훔쳤는지는 전혀 알 수 없었습니다.

"그나저나 범인도 멍청하네요⋯⋯."

이마를 문지르고 신입분은 펜을 주워 들면서 말했습니다.

"이렇게나 팬이 많은 데서 도둑질 같은 걸 하면 바로 들킬 게 뻔한데 말이에요."

"그러게요."

지당한 말씀입니다.

이미 현장에서는 범인 찾기가 시작되었고, 선배분이 "여러분, 그 자리에서 잠시 대기해주세요"라며 로비 사람들에게 협력을 요청하고 있었습니다.

카드를 도난당했다고 한다면 이 자리에 있는 누군가가 범인이라는 것은 명백.

"지금부터 여기 계신 여러분의 소지품을 확인하겠습니다."

한 사람 한 사람, 짐을 뒤지고 찾다 보면 언젠가 범인에게 다다를 테지요. 실로 당연한 흐름이라 하겠습니다.

"뭐, 범인은 조만간 잡히겠네요."

카드에 전혀 흥미가 없는 저는 가까이에 있던 자리에 털썩 앉아 책을 꺼내 들었습니다. 기다리는 동안 할 일도 없으니, 책 속 세계로 다시 들어가 시간을 보내기로 할까요.

팔락팔락 페이지를 넘기는 저.

"──그나저나, 자네. 잃어버린 카드는 어떤 건가?"

누군가가 아가씨에게 묻는 소리가 들렸습니다. 힐끗 시선을 돌리니 댄디한 아저씨와 아가씨가 마주 보고 있었습니다.

"제가 잃어버린 카드 말인가요? 그건──."

팔락.

제가 읽던 페이지로 책갈피가 이끌어준 것은 바로 그때.

"'마녀'라고 쓰인 카드예요."

그렇게 아가씨는 말했습니다.

그리고 제 손안에 똑같은 글자가 쓰인 것이 끼워져 있다는 것을 깨달았습니다.

'마녀.'

그렇게 쓰인 카드가 마치 책갈피 같은 얼굴을 하고 페이지와 페이지 사이에서 "여어" 하고 고개를 내밀고 있었습니다.

"……으응?"

어떻게 된 건가요?

저는 눈을 문질렀습니다.

"'마녀'라고 쓰여 있다, 라…… 다른 특징은?"

"쓰여 있는 대로, 마녀 그림이 그려져 있어요. 검은 로브와 삼각 모자를 착용한 마녀예요."

우와, 그려져 있어.

"흐음흐음……. 그리고 그 카드에 안개의 점술사님 사인이 되어 있다는 거지?"

"오른쪽 아래에 '안개의 점술사로부터 사랑을 담아'라고 쓰여 있어요."

우와, 쓰여 있어.

저는 심장을 콱 움켜쥐어진 듯한 기분이 들었습니다. 순간 뿜어져 나오는 땀. 도대체 어째서 제가 이런 걸 갖고 있는 건가요?

생각하는 저.

떠올리는 저.

그리고 보니 조금 전에 아가씨와 대화를 나눌 때—— 저는 분명 아가씨에게 자리를 양보하기 위해 일어서고, 책에 책갈피를 끼웠을 터입니다.

"——저, 분명 카드를 이 테이블에 올려놨어요. 하지만 깨닫고 보니 없어졌지 뭐예요! 마치 마법처럼!"

"흐음……. 기묘한 이야기로군."

댄디한 아저씨는 턱에 손을 올리고서 테이블을 바라보았습니다.

"참고로 이 테이블에 놓여 있는 이 책갈피는 자네 건가?"

"네? 아니에요."

고개를 젓는 아가씨.

댄디한 아저씨가 손에 든 것은 단순한 무늬의 책갈피였고, 그것은 그야말로 어디를 어떻게 보아도 제 것이었고, 그러니까 즉제가 실수로 책갈피와 카드를 바꿔 가져왔다는 사실을 가리키고 있었고, 당연하게도 저는 그 자리에서 머리를 끌어안았습니다.

"애초에 그런 중요한 걸 왜 테이블에 올려둔 거지?"

그러니까요.

"그게, 중요한 걸 대수롭지 않게 대충 두는 건, 부자 같은 느낌이 들어서 좋은걸요."

아니 의미를 잘 모르겠는데요.

"저기…… 마녀님, 괜찮으세요……?"

갑작스레 알기 쉽게 아연실색하기 시작한 저의 모습에 당혹스러워하면서도 말을 걸어주는 신입분.

"아, 그다지 괜찮지는 않네요——."

일이 귀찮게 되어버렸습니다.

고민하는 저.

그러나 그 순간, 머릿속에서 긍정적인 제가 "잠깐만요, 저! 아직 늦지 않았을 거예요. 지금 바로 사정을 설명해요"라고 말을 걸어왔습니다. 그러네요. 그 말대로입니다. 일부러 한 일이 아니니까 분명 이해해줄 겁니다.

그런고로 저는 곧장 자리에서 일어섰습니다.

"어라? 마녀님, 왜 그러시나요? 저기——."

신입분의 제지를 뿌리치고 척척 걸음을 옮기기 시작한 저.

"그나저나 다른 이야기인데, 사실 나는 이 나라의 보안관이거든."

댄디한 아저씨가 품에서 수첩을 꺼내며 말했습니다.

"범인을 찾는 대로, 감방에 처넣겠다고 약속하지."

척척 자리로 다시 돌아가며 저는 그대로 알기 쉽게 머리를 끌어안았습니다.

이게 대체 무슨 일인가요

"안개의 점술사님의 카드를 훔치다니 용서하지 못할 녀석이야! 보안관으로서 그냥 넘길 수 없어!"

우연히도 오늘 이 숙소에 나라의 보안관님이 머물고 있었다니. 거기에 더해 안개의 점술사님 팬이었다니.

"내 권한으로 극형을 내려주지."

게다가 직권 남용할 마음으로 가득한 모습. 이런 상황에서 자백 같은 걸 할 수 있을 리 없습니다. 무리입니다. 저는 일찌감치 포기했습니다.

그러나 제가 머리를 끌어안고 있는 동안에도 선배분의 소지품 검사는 계속 진행되었고, 제 차례가 되는 것도 시간문제. 이대로 갖고 있으면 어떤 일이 벌어질지는 상상하기 어렵지 않습니다.

그야말로 다 끝장났습니다. 사방이 막혔습니다.

똑똑한 저는 여기서 생각했습니다.

생각하는 중에 시야에 들어온 것은 안개의 점술사님의 의상 복제품.

그 직후에 훌륭한 대책이 제 머릿속에 떠올랐습니다.

"다음은 당신이구나──."

때마침 제 곁으로 선배분이 다가왔습니다.

분명 그녀는 몹시 놀랐을 테지요.

——왜냐면 거기에는 안개의 점술사가 있었으니까요.

　"안녕하세요."

　안개의 점술사님 차림을 한 저는 요염한 느낌으로 선배분을 맞이했습니다. 손에는 카드 다발. 그야말로 지금 당장에라도 점술을 볼 수 있을 것만 같은 분위기를 자아냈습니다.

　"마녀님, 뭐 하는 건가요? 그건 저희 숙소의 비품인데요!"

　제 옷을 잡아당기는 신입분.

　"저는 안개의 점술사입니다——."

　누가 뭐라 하든 지금의 저는 안개의 점술사입니다.

　갑자기 나타난 안개의 점술사(코스프레를 한 마녀)는 당연하게도 숙소 안에서 상당한 존재감을 떨쳤습니다.

　로비에 모인 사람들이 술렁였습니다.

　"저거 뭐야……?" "안개의 점술사님이야……!" "으음……? 하지만 전에 내가 봤던 때보다 체형이 좀…….""진짜는 스타일이 더 좋았던 것 같은데." "그럼 코스프레려나?" "코스프레야." "뭐야, 코스프레였나."

　…………

　"저는 안개의 점술사입니다——."

　누가 뭐라든 지금의 저는 안개의 점술사입니다.

　순식간에 코스프레라고 간파당했어도 여전히 당당하기만 한 제 모습이 거기에는 있었습니다.

　"뭐가 뭔지 잘 모르겠지만 짐 검사를 해도 될까? 그리고 소지품 검사도."

그리고 선배분은 어디까지나 프로페셔널 했습니다. 전설의 점술사(코스프레)를 앞에 두고도 변함없이 의연한 태도로 일을 수행하고 있었습니다.

참고로 카드는 여전히 제 품에 있는 책 사이에 끼워진 채였습니다.

소지품 검사를 받는 건 곤란합니다.

"이 몸을 조사할 셈인가요?"

그런고로 온 힘을 다해서 소지품 검사에서 도망치려는 저.

"저는 안개의 점술사. 본인입니다."

"아니 코스프레잖아."

"본인입니다."

"…………."

"본인입니다."

참고로 여러분, 아시나요? 거짓말을 할 때는 가능한 한 뻔뻔하게 굴어야 간파당할 확률이 낮아진다고 합니다.

"자신의 사인이 들어간 카드를 훔칠 이유가 어디에 있다는 건가요?"

이것이 바로 거짓과 속임수로 살아가기 위한 라이프 핵.

의기양양한 표정을 짓고 있는 제 모습에 선배분은 약간 어이없다는 반응을 보였습니다.

"저기? 안개의 점술사님은 나이가 조금 더 많거든?"

"그럼 안개의 점술사의 환생입니다."

"멋대로 죽은 걸로 만들었어……."

뭐, 사소한 부분은 어찌 되든 상관없습니다.

"여러분은 사라진 카드의 소재가 아주 궁금한가 보군요. ……
괜찮다면 제가 점을 봐서 찾아드릴까요?"

손에 든 카드를 만지면서 저는 말했습니다.

그리고 이 자리에 있던 사람들은 저의 박진감 넘치는 연기에 술
렁였습니다.

"왠지 묘하게 자신감 넘치는 얼굴을 하고 있는데." "혹시 진짜
안개의 점술사님의 환생……?" "분명 분위기는 안개의 점술사님
이랑 똑같아……." "저거 내 돈으로 산 의상이랑 카드인데……."
"소지품 검사를 하고 싶은데……."

제가 안개의 점술사님 본인인지 아닌지는 제쳐두고, 사람들은
이어서 "어쩔래? 한 번 점을 봐달라고 할까?" 하고, 마치 2차는
어떡할까? 갈래? 같은 분위기로 서로 이야기를 나누었습니다.

"어쩐지 점술로 찾는 편이 그럴듯한 느낌이 들어서 좋을 것 같
네요."

그리고 카드를 잃어버린 장본인인 아가씨의 한마디에 의해서
제가 점술로 찾는 방향으로 이야기가 정리되었습니다. 전체적으
로 손쉬운 손님들이었습니다. 그럴듯한 느낌이라니 대체 뭡니까?

아무튼 그런 사소한 의문에서 시선을 돌리며, 저는 그저 "후후
후" 하고 계속해서 요염한 미소를 지을 뿐이었습니다. 그나저나
이 카드는 어떻게 쓰는 건가요?

"에잇."

잘 몰라서 적당히 위에서부터 순서대로 세 장 정도 뽑아 펼쳐 놓았습니다.

"오오……!"

어느샌가 제 바로 옆에 모여 있던 손님들 사이에서 환성이 일었습니다.

펼쳐놓은 카드는 차례대로 '짐승' '국왕' '배'였습니다.

"이건 대체 무슨 의미인가요……!"

눈을 빛내며 묻는 손님들. 아마도 근본적으로 애초에 점 자체를 좋아하는 것일 테지요.

저는 후방을 손가락으로 가리키면서 말했습니다.

"저쪽을 봐주세요."

그러자 그 자리에 있던 모두가 빙글 뒤를 돌았고.

그리고 거의 같은 타이밍에 저는 품에 감추어두었던 책을 엉뚱한 방향으로 던졌습니다.

빙글빙글 돌며 허공을 날아간 책은 이어서 로비 구석 쪽에 놓여 있던 관엽식물 속에 파묻혔습니다.

"지금 뭔가 던지지 않았어?"

이쪽을 다시 돌아보며 선배분이 눈을 가늘게 뜨고 빤히 바라보았습니다.

"아뇨 딱히."

"그래서, 저쪽을 봐서 뭐가 어쨌는데? 딱히 아무것도 없었는데."

"라고 생각하겠지요?"

"맞아."

"뭐, 아무것도 없습니다만."

"대체 뭐야……?"

어이없어하는 선배분.

"그럼 다음엔 저쪽을 봐주세요."

저는 다시 손가락으로 가리켰습니다. 그 끝에 있는 것은 관엽식물.

"저게 뭐 어쨌는데?"라고 말하고 싶은 듯한 얼굴의 선배분.

이윽고 신입분이 눈을 크게 부릅뜨면서 말했습니다.

"어라……? 관엽식물 안에 뭔가 있는 것 같은데요?"

대체 뭘까요? 신입분은 고개를 갸웃거리며 천천히 다가갔습니다.

그러고서 손을 뻗어, 빼 들어보니, 어머나 어떻게 된 일인가요. 미스터리 소설책이 나온 것이 아니겠습니까?

"이런 데 어째서 책이……?"

의아한 표정을 지으면서 의미도 없이 팔락팔락 책장을 넘기는 신입분. 이윽고 소설은 어떤 페이지를 펼친 상태에서 멈추었습니다.

"이, 이건……!"

신입분은 놀랐습니다.

어머나 어떻게 된 일일까요?

페이지 사이에는 카드가 끼워져 있었던 것입니다!

"제 카드예요……!"

그것은 바로 아가씨가 도난당했다고 말했던, 안개의 점술사의 친필 사인이 되어 있는 카드!

"훗── 이것이 점술의 힘입니다."

저는 머리카락을 넘기면서 말했습니다.

아니 아니 애초에 어째서 저런 데 책이 있던 건가요? 같은 건 의문으로 여겨서는 안 됩니다. 사건은 이로써 해결되었으니 사소한 건 어찌 되든 상관없습니다.

"오오……!" "설마하니 진짜 점술로 해결해버릴 줄이야……!"

저를 둘러싼 손님들의 얼굴은 불빛을 밝힌 듯 밝아졌고, 모두가 박수를 보내주었습니다.

"참으로 대단한 힘이야……!" "혹시 진짜 안개의 점술사님의 환생……?" "뭐? 정말로 안개의 점술사님은 죽은 거야?" "대단해……!"

그것참 부끄럽네요.

"다음은 내 점을 봐주겠어?"

응?

"앗! 치사해요! 다음은 저예요!"

으응?

칭찬의 말을 들으며 싱글벙글하던 저는 여기서 일단 고개를 갸우뚱하게 되었습니다.

의자에 앉은 제 눈앞에서 댄디한 아저씨와 신입분이 자리를 두고 다투며 서로 노려보고 있었던 것입니다. 갑자기 어떻게 된 건가요?

마치 다음으로 점을 볼 차례를 두고 경쟁하고 있는 것 같지 않은가요?

"두 분. 이런 데서 싸우면 점술사님께 실례입니다."

당황하는 저를 구해준 것은 아가씨의 수행원이었습니다.

"다음은 제 점을 봐주시겠습니까?"

아니었군요 이건 전혀 도와줄 마음이 없네요.

"갑자기 뭐야! 방해하지 마! 다음은 내가 점을 볼 거야!" "다음은 저예요!" "아뇨! 이건 아가씨의 수행원인 제가!"

제 눈앞에서 소란을 벌이며 순서를 두고 다투는 세 사람.

"아니, 점을 더 보겠다는 말 같은 건 한 적이 없습니다만——."

이제 영업 끝입니다, 하고 제가 말을 걸었지만 그들의 귀에는 닿지 않았습니다.

누가 좀 도와주세요.

"세 사람 다, 진정하세요!"

그러던 때 제게 손을 내밀어 준 것은 카드를 찾고 기분이 좋아진 아가씨였습니다.

"이건 점을 볼 순서를 점쳐 달라고 한다, 라는 건 어떤가요?"

절벽에서 떠민다는 걸 잘못 말했군요.

묘안이 떠올랐다는 것 같은 얼굴을 하고서 무슨 말을 하는 겁니까 진짜.

"오, 확실히!" "그런 방법이 있었군요!" "역시 아가씨!"

우왕좌왕하는 사이에 다투던 세 사람은 사이좋게 손을 잡고, "그럼 점을 봐주십시오"라며 저를 둘러쌌습니다.

"……어, 아니."

점을 칠 마음 같은 건 없습니다만……?

"어? 뭐야? 점을 봐주는 거야?" "어머, 여보. 우리도 점쳐 달라고 해요!"

혹시 이 자리에 있는 분들은 당황하는 제 얼굴이 보이지 않는 걸까요? 한 사람, 또 한 사람, 제 주변으로 모여들었습니다.

"아니……."

저는 당황하면서도 어떤 생각을 떠올렸습니다.

이 숙소에 묵고 있는 손님 대부분이 안개의 점술사의 열광적인 팬. 굿즈를 입고, 굿즈를 가지고 다니고, 그리고 비싼 굿즈를 경매에서 낙찰받을 만큼 맹신적인 모습.

그런 그들 앞에 새로운 안개의 점술사가 나타났을 때, 과연 어떤 반응을 보일까요?

분명 진심으로 기뻐할 것이 틀림없습니다.

전설과의 재회에 환희를 느낄 것이 틀림없습니다.

"아, 그렇지! 저, 안개의 점술사님이 좋아하는 걸 언제나 가지고 다니고 있어요!"

활짝 밝은 표정을 지으면서 신입분은 품에서 자루를 꺼냈습니다.

"구운 버섯이에요."

필요 없어──.

"오오! 그거라면 나도 갖고 있다고!" "저도요." "안개의 점술사님, 받으세요!" "실컷 드세요!"

정말로 필요 없어──.

쌓여가는 악몽과 같은 광경을 앞에 둔 제 얼굴에서 표정이 사라져갔습니다.

현실 도피하듯 저는 카드 다발로 손을 뻗고, 한 장 뒤집었습니다.

'마녀.'

뽑은 것은 기이하게도 조금 전 제가 무심코 주워버렸던 것과 같은 그림.

"오오! 무슨 의미인가요?"

제 주위에서 지켜보던 손님들이 눈을 빛내며 물었습니다.

그러나 당연하게도 저는 안개의 점술사가 아니기 때문에 의미 같은 건 질문받아도 전혀 모릅니다. 유일하게 아는 것이라고 한다면, '마녀'가 그려진 카드 탓에 이런 사태가 되었다는 것. 요컨대 만악의 근원이라는 것.

그런고로 한숨을 내쉬면서 저는 중얼거렸습니다.

"저한테는 좋지 않은 의미라는 것만은 확실하겠네요……."

○

그날, 기적적으로 부활한 안개의 점술사는 그 자리에 있던 손님들의 운세를 전부 점쳐 주었다고 합니다.

전설의 점술사님에게 점을 보았다── 눈앞에 앉은 손님 중에는 그저 그 사실만으로도 감격해 눈물을 흘리는 사람도 있었습니다. 참고로 점술사도 버섯을 먹으면서 울었습니다.

결국, 부활한 안개의 점술사──인 제가 풀려난 것은 그날 밤이 깊어진 후였습니다.

"호, 호된 꼴을 당했어요⋯⋯."

비틀비틀한 걸음걸이로 방을 나서는 저.

어깨에 가방을 메고, 열쇠를 손에 들고서 로비로 내려갔습니다.

"오늘 안에 이 나라에서 몰래 나가야겠어요⋯⋯."

전설의 점술사를 연기해 궁지를 벗어난 것까지는 좋았지만, 잇따라 점을 보아야 하는 지경이 되었을 때부터 이 앞에 기다리고 있을 좋지 않은 전개가 머릿속을 스쳐 지나가게 되었습니다.

혹시 저, 다음 안개의 점술사로 떠받들어지게 되는 건⋯⋯?

'안개의 점술사, 그 새로운 전설의 시작⋯⋯!'

아니, 이미 그런 분위기가 로비에 그득했습니다. 구석에 놓여 있는 복제 의상과 카드 옆에는 새로운 간판이 세워져 있었고, '당당하게 나타난 잿빛 머리카락의 마녀는 해당 숙소의 의상을 입더니 눈물을 흘리는 아가씨에게 희망의 빛을 보여주었다──' 같은 내용이 손 글씨로 적혀 있었습니다.

'새로운 안개의 점술사의 성지.'

같은 글도 덧붙여져 있었습니다. 완전히 돈벌이에 이용할 마음으로 가득하군요.

이런 환경에서는 느긋하게 쉴 수 있을 것 같지 않습니다.

"체크아웃 부탁드립니다."

카운터에 열쇠를 내려놓는 저.

종업원분이 "알았습니다" 하고 열쇠를 넘겨받으며 키득 웃었습니다.

"떠나는 모습도 안개의 점술사 같네."

고개를 드니, 선배분이었습니다.

"아, 네."

안개처럼 나타나, 안개처럼 사라졌다고 하는 것이 선대—— 아니, 진짜 안개의 점술사님의 특징이었지요.

"예정보다 훨씬 이르긴 하지만, 오래는 있을 수 없을 것 같아서요."

남은 일정분의 숙박비를 돌려받을 수 있을까요? 하고 저는 물었습니다.

"잠깐 기다려봐."

선배분은 익숙한 손놀림으로 숙박 장부를 확인했습니다. 사전에 3박분의 요금을 선불로 냈는데, 1박만 하고 떠나게 되었으니 2박분의 돈을 돌려받을 수 있다면 감사하겠습니다만.

"자, 여기."

잠시 기다리고 나니 선배분이 제 손에 돈을 올려놓아 주었습니다.

제가 사전에 낸 3박분.

보다도 많은 4박분의 돈이었습니다.

"좀 많은 것 같습니다만."

계산을 잘못한 거 아닌가요?

고개를 갸웃거리는 제게 "그걸로 됐어"라고 선배분은 말했습니다.

"예상하지 못한 사건으로 고생도 시켰으니까, 이건 폐를 끼친 것에 대해 내가 주는 사과의 뜻이라고 생각해줘."

"예상하지 못한 사건……?"

그 말을 듣고 떠올린 것은 버섯을 먹으면서 쉼 없이 점을 쳐야만 했던 바로 얼마 전의 일.

아니 그야 정말이지 큰 민폐이기는 했습니다만, 그것은 진짜 안개의 점술사님이 좋아하는 음식이 버섯이었던 것이 문제였을 뿐, 딱히 숙소 종업원인 선배분에게 사과받을 만한 일은 아닐 텐데요…….

"뭐, 받아도 되는 거라면 감사히 받기로 하겠습니다."

받은 돈으로 약간의 호사라도 누려볼까요——같은 생각을 하면서 저는 지갑에 돈을 넣었습니다.

"그럼 이만."

그리고 저는 발길을 돌렸고.

"——분명 당신은 여행자라고 했지?"

출구 쪽으로 향하려 하던 때, 선배분이 말을 걸어왔습니다.

"이제부터 어디로 갈 셈이야?"

글쎄요, 어떻게 할까요?

"딱히 정해두지는 않았습니다."

"점쳐 볼래?"

힐끗 그녀의 시선이 안개의 점술사 의상과 카드로 향했습니다. 오늘 실컷 뽑아서 질릴 정도가 된 그림을 바라보았습니다.

"뭐, 기념으로 해볼까요——."

저는 천천히 다가가 카드를 한 장 뽑았습니다.

©Azure

"뭐가 나왔어?"

물어보는 선배분.

제가 말없이 카드를 선배분에게 보여주자, 선배분은 "그래"라며 고개를 끄덕였습니다.

"가게를 나가면 서쪽을 향해 가도록 해."

아마도 그러는 편이 좋을 거야——라고.

마치 점술사 같은 말을 저에게 하는 것이었습니다.

조용한 밤의 거리를 저는 혼자서 천천히, 걸었습니다.

향해 가는 방향은 서쪽.

기이하게도 선배분의 말에 따르는 형태가 되었습니다——라고 할까, 애초에 이 나라와 밖을 잇는 문은 서쪽과 동쪽밖에 없는지라, 양자택일로 이쪽을 선택했다고 하는 이야기입니다만.

"어라? 마녀님. 밤늦게 출국인가?"

밤길을 홀로 걸어온 제게 경례하는 문지기 병사님. 안녕하세요 하고 저는 마주 인사하면서 "조금 일이 있어서요" 하고 답했습니다.

"금방 열 테니까 잠깐만."

이어서 그는 밖과 나라를 가로막고 있는 문을 익숙한 손놀림으로 열어주었습니다. 나라 저편, 산 위에서는 별하늘이 반짝이고 있습니다.

"그나저나 마녀님. 당신 운이 좋은걸."

"네? 뭐가 말인가요?"

고개를 갸우뚱하는 저.

병사님은 말했습니다.

"조금 전에 연락이 들어왔거든. 동쪽 문 쪽에서 마차에 실린 짐이 무너지는 사고가 벌어졌다나 봐. ······일단 부상자는 없는 모양이지만, 만약 동쪽 문으로 갔다면 휩쓸렸을지도 몰라."

사고가 일어난 것은 대략 몇 분 전.

제가 숙소를 나서서 서쪽으로 향하기 시작한 후의 일이었습니다. 저는 물론이고 숙소에서 일을 하고 있던 선배분도 그 정보는 듣지 못했을 것입니다.

대체 그녀는 어째서 서쪽으로 가라고 권했던 것일까요?

──마치 점술사의 예언인 것처럼.

"·············."

혹시.

저는 빙글 발길을 돌렸습니다.

"······음, 캐내는 건 그만둘까요."

하지만 다시 문밖으로 시선을 돌렸습니다.

안개의 점술사는 그야말로 안개처럼 나타나, 안개처럼 사라진 전설의 점술사. 이제 와서 파헤치는 건 멋없는 짓이겠지요.

그렇기에 저도 오늘 중으로 나라를 떠나려 하는 것이니까요.

"그럼, 마녀님. 조심히 가."

경례하는 문지기 병사님에게 인사한 다음 저는 문을 통과했습니다.

분명 이 앞에는 좋은 일이 기다리고 있을 겁니다.

좋은 점술을 믿으면서 저는 천천히 나라 밖으로 걸음을 내디뎠습니다.

●

"에에에에에에에에에에에에에에에에에에엑!"

그날, 숙소 로비에 울려 퍼진 것은 신입 종업원의 비통한 비명이었습니다.

지난 밤사이에 새로운 안개의 점술사는 나라를 떠나갔다. 체크아웃을 담당한 선배 종업원에게 지나가듯 사실을 전달받고 놀람과 실망을 감출 수 없었던 것입니다.

"어째서 말리지 않은 건가요! 선배!"

"본인이 체크아웃을 요청한걸. 어쩔 수 없잖아."

어쩔 수 없다.

그렇게 말하면 달리 할 말이 없다. 어깨를 축 늘어뜨리며 신입 종업원은 "안개의 점술사님의 팬들에게 잔뜩 어필해서 손님을 불러 모으려고 했는데……"라며 어제 막 만든 특설 코너를 바라보았습니다.

선배 종업원은 탄식으로 대꾸했습니다.

"그런 짓을 하지 않아도, 평범하게 일하는 게 제일이야."

안개의 점술사가 현역에서 물러난 것은 지나치게 유명해졌기 때문. 사소한 언동 하나하나를 사람들이 주목하는 상황에 지쳤기 때문.

"안개의 점술사는 특설 코너를 설치하면서까지 팬을 불러들이는 그런 상황을 좋게 여기지 않았을 거라고 생각해. 안개의 점술사가 존재했다는 것도 잊어주길 바라고 있을지도 몰라."

타이르듯이 선배 종업원은 신입의 어깨에 손을 올렸습니다.

뺨을 뾰로통하게 부풀리는 신입과 눈이 마주쳤습니다.

"어쩐지 안개의 점술사님 본인 같은 말을 하시네요……."

"어쩌면 내가 본인일지도?"

옅은 미소를 머금는 선배 종업원.

"아하하! 선배, 재밌는 농담을 하시네요."

신입의 뾰로통하던 볼이 순간 원래대로 돌아왔습니다.

"전설의 점술사님이 이런 평범한 숙소에서 일하고 있을 리 없잖아요."

"그럴지도 모르겠네."

선배 종업원은 고개를 끄덕이면서 안개의 점술사 특설 코너를 바라보았습니다. 어제, 재의 마녀가 걸쳤던 복제품.

이미 간판에 적혀 있는 내용도 어제 등장한 안개의 점술사——재의 마녀에 관한 기록으로 덧씌워져 있습니다.

분명 시간이 흐르면, 안개의 점술사의 존재 그 자체가 안개에 휩싸인 것처럼 애매하게 사라져갈 테지요.

그녀는 그리하여 평온한 삶을 손에 넣을 수 있게 되기를 바라고 있습니다.

"그럼, 잡담은 이쯤 하고, 오늘도 일을 해야지."

툭 하고 신입의 등을 미는 선배 종업원.

신입은 "네에에" 하고 끝을 길게 늘여 대답하면서 평소와 같은 업무로 돌아갔습니다.

"………."

그리고 신입의 뒷모습을 지켜본 후.

선배 종업원은 아까 안개의 점술사가 썼던 카드를 한 장, 뒤집었습니다.

"흐음……."

나온 그림에 그녀는 미소 지었습니다.

오늘은 좋은 하루가 될 것 같은 예감이 들었습니다.

제 7 장

조금 차가운 바람이 밤의 평원을 돌아다닙니다.

머리 위의 나무는 바스락바스락 소리를 내고, 흔들리는 모습은 살아 있는 것만 같았습니다. 옆에 둔 랜턴 속에 켜둔 불이 꺼지지 않도록 시선을 기울인 후에 그녀는 무릎 위에 둔 한 권의 책 위로 펜을 움직였습니다.

밤에 일기를 쓰는 것이 그녀의 습관 중 하나입니다.

간결하게 오늘 있었던 일을 손안에 자그맣게 정리합니다.

나라에서 나라를 건너는 중에 실수로 길을 잘못 들어 갈팡질팡 평원을 이리저리 돌아다닌 끝에 해가 지고, 이렇게 지금은 조용한 밤중에 노숙을 하면서 일기를 쓰고 있다. 대충 쓰자면 그러한 것이었고, 바꿔 말하자면 특별히 아무 일도 없었던 평화로운 하루라고도 말할 수 있었습니다.

"뭐, 가끔은 이런 날도 나쁘지 않네요."

숙소의 폭신한 침대에서 푹 자는 것도 좋습니다만, 아무도 없고 아무것도 없는 대자연 속에서 편하게 잠드는 것도 또 하나의 재미.

이미 만반의 준비가 갖춰진 텐트를 돌아보면서 마녀는 엷은 미소를 지었습니다.

머리카락은 잿빛, 눈동자는 유리색. 밤의 어둠에 가라앉을 만큼 검은 로브와 삼각 모자를 착용한 그녀는 마녀이자, 여행자이

슬라임이야기

자, 그리고 동시에 미소녀이기도 했습니다.

그러나 오늘 밤엔 주변에 아무도 없고, 랜턴이 없으면 주위도 잘 보이지 않을 만큼 어둡습니다. 분명 제 아름다움에 빠져드는 사람은 없을 테지요── 그렇게 혼자서 남몰래 낙담하고 있는 그녀는 대체 누구일까요?

그렇습니다. 저입니다.

"우리 종은 모든 개체가 정의를 갖고 있다. 우리 종이 취하는 행동은 모두 정의에 의거해 결정된다. 정의는 우리의 행동 지침이다. 즉, 우리가 지금 여기에 있는 것은, 우리 안의 정의가 이곳으로 오도록 이끌었기 때문이다."

이건 제가 아닙니다.

휙 텐트에서 일기장으로 시선을 되돌린 직후의 일입니다.

저는 묘한 것을 보았습니다.

"귀공은 정의를 갖고 있는가?"

그러한 질문을 한 것은, 일기 위에 오도카니 올라타 있는 하늘색의 기묘한 생물──같은 것. 애초에 생물이라 불러도 될지조차 저로서는 알 수 없었습니다.

크기는 대략 사과와 비슷한 정도. 한 손으로도 충분히 쥘 수 있을 테지요. 그러나 실제로 만져서 쥘 수 있을지 어떨지는 판단할 수 없었습니다.

일기 위에서 "귀공, 듣고 있나?" 하고 다시 묻는 생물 같은 것은 몸이 젤리 형태로 되어 있었고, 그러면서도 동그랗고, 말할 때마다 탱글탱글 흔들리고 있었습니다.

왠지 모르게 어딘가 모르게 맛있어 보이는 생김새로군요…….

"안녕하세요."

저는 이 생물을 알고 있습니다.

지금까지의 여행길에서도 그 모습을 본 적은 셀 수 있을 만큼밖에 없지만——저는 그 이름을 불렀습니다.

"슬라임 씨, 죠?"

작고 말랑말랑한 생물. 유별난 사람이 반려동물로 키우거나, 혹은 높은 번식력 탓에 미움을 받아 유해 동물 취급을 받거나 하는 생물.

말하는 모습을 보는 건 처음일지도 모릅니다.

유심히 관찰하는 저를 보며 슬라임 씨는 남성인지 여성인지 판단할 수 없는 중성적인 목소리와 함께, 부르르 떨었습니다.

"정정을 요구한다. 우리 종족은 분명 슬라임이라 불리고 있지만, 우리 개체를 가리키는 명칭은 아니다."

"그런가요?"

"귀공은 자신이 인간이라 불려도 위화감을 느끼지 않는가?"

"과연, 확실히."

종족명으로 부르는 것은 옳지 않았는지도 모르겠군요.

"그럼 뭐라 부르면 될까요?"

이름, 있는 거죠?

저는 고개를 갸우뚱했습니다.

슬라임 씨는 떨었습니다.

"……우리 이름은 뭐지?"

"아니 저한테 물으신들."

어이없어하며 어깨를 으쓱이는 저.

이름 외에도 묻고 싶은 것이 많았습니다. 적의는 없어 보이지만, 반복해서 정의니 뭐니 잘 알 수 없는 말씀을 하고 있으니까요.

애초에 갑자기 나타나기도 했고요.

그러나 우선 온갖 의문을 한쪽으로 밀어두고, 저는 슬라임 씨가 올라타 있는 일기장을 바라보았습니다.

아무래도 하나 덧붙여 적어야만 할 게 생긴 것 같습니다.

아무 일도 없는 하루, 가 아니었습니다.

오늘은 슬라임 씨와 만난 날이라고 써야겠지요.

그래서 저는 슬라임 씨의 눈앞에서 펜을 손에 들고.

그러고서 말했습니다.

"……일기에서 비켜주시겠습니까?"

"그것이 귀공의 정의인가?"

"아뇨 일반상식이라고 생각합니다만."

○

잘은 모르겠지만 그들이 말하는 정의란 주의나 주장의 근본이며, 자신의 행동 원리를 가리키는 듯했습니다.

예를 들어 지금의 저로 바꾸어 보자면, 갑자기 일기 위에 올라탄 생물체와 이야기를 해보고 싶다고 생각한 것이 정의이며, 그리고 잘하면 슬라임 씨의 생태를 연구해서 한몫 벌 수도 있겠다고 생각한 것도 정의이며, 그리고 정의에 의거해 대화를 시작했다, 라는 것이 될 테지요.

요컨대 흥미, 관심 같은 말을 조금 멋지게 바꾸어 말했을 뿐입니다.

한껏 허세를 부리고 싶은 때인 걸까요?

"우리는 귀공보다 연상이다."

"어머, 그런가요?"

무릎 위에 올려놓은 책자를 일기장에서 백지 메모장으로 바꾸고, 저는 몇 가지 이야기를 들었습니다.

갑자기 나타나서 뭡니까?

"우리는 먹을 것을 요청한다. 공복이라 힘이 안 난다. 이대로는 숨이 끊어진다."

먹을 걸 내놔라 하고 마치 산적 같은 말씀을 하시는 슬라임 씨. 애초에 뭘 먹나요? 하고 제가 묻자 슬라임 씨는 "뭐든 먹는다"라며 부르르했습니다. 일단 퍼석퍼석한 휴대 식량을 줘봤습니다.

"……맛있다."

상당히 기뻐하셨습니다. 부르르했습니다.

사람이 먹을 수 있는 거라면 괜찮나 봅니다. 과연, 그렇군요.

"아까부터 뭘 쓰고 있는 것인가?"

"신경 쓰지 마세요."

모처럼이니 생김새도 메모로 남겨두기로 하죠. 저는 동글동글한 몸을 스케치하면서 물었습니다.

"지금은 혼자인 겁니까?"

"그 표현은 적절하지 않다. 우리는 복수 개체가 모여 이루어진 개체 무리다."

"오호라."

메모 속에 있는 동글동글한 몸에 화살표를 하고 '군체'라고 기재해두었습니다. 하나의 몸에 작은 개체가 모여들고, 분열해 번식하고 있는 것일 테지요.

"그래서, 이런 데서 뭘 하고 있는 건가요? 한밤중에 산책인가요?"

주변을 둘러보면 온통 어둠에 가라앉은 평원이 있을 뿐. 빛은 달빛이나 제 랜턴 정도로, 그 이외엔 아무것도 보이지 않습니다. 사람도 없고, 동물 모습도 별로 없어서, 아무것도 없는 곳이라고 표현하는 것이 적절했습니다. 슬라임 한 마리가 혼자 산책하기에는 그저 그런 곳 같기도 했습니다만.

"우리는 인간을 배우기 위한 여행을 하는 중이다."

"인간을 배우기 위한 여행……?"

이라니 뭔가요?

"인간이 무엇을 생각하고, 어떻게 살고 있는지를 우리는 배우지 않으면 안 된다. 그것이 우리를 자극해 움직이게 하는 정의이며, 정의에 의거해 귀공이 밝힌 랜턴 불빛에 이끌렸다."

"요컨대 인간과 어울려보고 싶은걸 하고 생각하던 참에 저를 발견하고는 찔러보러 왔다는 거로군요."

무리하게 어려운 말을 쓰고 싶어 할 나이대의 어린아이를 상대하듯이 저는 펜을 움직였습니다.

옆에서는 슬라임 씨가 부르르 떨면서 "하지만……" 하고 신음하고 있었습니다.

"우리는 어째서 인간을 배우는 것을 정의로 여기고 있는가, 그것을 모르겠다."

"무슨 말인가요?"

"우리에게는 여기에 이르기까지의 기억이 존재하지 않는다."

이상한 이야기입니다만.

말하길 슬라임 씨는 깨닫고 보니 공복인 채로 밤의 평원을 걷고 있었고, 자신이 그 이전에 대체 무엇을 하며 지냈는지를 모르겠다고 말했습니다.

사람으로 말하자면 기억 상실.

슬라임 씨에게도 그러한 일이 생기는군요.

"헤매는 우리 안에 있던 것은 '인간을 배워야만 한다'라는 정의뿐이었다. 인간을 공부하면 우리가 누구이고, 무엇을 위해 헤매고 있었는지를 알 수 있을지도 모른다."

이것 또한 기묘한 에둘러 말하기.

그 혹은 그녀 혹은 그중 어느 쪽도 아닌 슬라임 씨가 대체 무슨 말을 하고자 하는 것인가, 저는 생각했습니다.

인간을 배우고 싶다고 생각한다. 자신이 누구인지는 모른다. 여행을 하고 있다.

그리고 제 앞에 나타났다.

"당신은 운이 좋은가 보네요."

"우리는 개체가 아니다. 당신이라는 호칭은 적절하지 않다."

"인간이 보기에 당신은 대체로 개체 같은 건데요."

저는 이어서 고개를 갸웃거리며 말했습니다.

"인간을 배우고 싶은 거라면, 저랑 같이 행동해볼래요?"

"흐음?"

탱글, 하고 슬라임 씨가 비스듬하게 기울었습니다.

무슨 뜻이지? 하고 말하고 싶은 듯한 모습이로군요. 설명해드리죠.

"저는 여행자. 그리고 재의 마녀, 일레이나입니다. 지금은 이렇게 노숙하고 있습니다만, 내일부터 가까운 나라를 몇 곳 둘러볼 예정입니다. 괜찮다면 안내해드릴까요? 하고 말하고 있는 겁니다."

"귀공은 말을 어렵게 에둘러 하는군."

"당신이 할 말인가요."

그래서, 어떻게 하겠습니까? 하고 저는 물었습니다. 슬라임 씨로서도 나쁘지 않은 이야기일 터입니다.

물론, 제게도 나쁠 것이 없습니다. 가진 짐이 조금 늘어나는 정도고, 거기에 슬라임이라는 생물에 관한 식견을 쌓을 수 있는 좋은 기회라고도 할 수 있었습니다.

"그럼 부탁하도록 하지."

"네."

그리고 고개를 끄덕이는 저.

서로의 이해가 일치하자 슬라임 씨는 다시 푸들푸들했습니다.

"그럼 바로 출발하지. 어떻게 하면 되지? 귀공의 모자에 타면 되나?"

....

아니 아니.

"지금 한밤중인데요? 노숙하고 있는 중인데요?"

"그래서 어쨌다는 것인가?"

"아침이 되기 전까지는 여행을 재개할 마음이 없습니다."

"과연……. 그것이 귀공의 정의인가."

"아니 일반상식입니다."

딱 잘라 답하는 저. 흐으음 하고 떠는 슬라임 씨.

"일반 상식이라는 것은 우리로서는 이해하기 어려운 것 같다……."

"그럼 인간을 배우는 과정이라고 이해해주세요."

"선처하지."

그러고서 그 혹은 그녀는 제게 물었습니다.

"여행을 재개하지 않는 거라면, 이제부터 무얼 할 셈인가?"

거기서부터 이야기해야 하는 겁니까. 어쩔 수 없군요.

"텐트로 돌아가서 쉴 겁니다."

"그 외에는?"

특별히 해야 할 건 없습니다만.

굳이 한다고 한다면.

"겸사겸사 당신 이름이라도 생각하기로 할까요?"

이대로 종족명에 씨를 붙여 부르기보다는 그편이 훨씬 건전할 테지요. 그래서 저는 말하면서 혼자 텐트로 돌아갔고, 그리고 슬라임 씨에게 어울리는 이름을 공상했습니다.

그리고 다음 날 아침의 일입니다.

"슬라코 씨로 하죠."

저는 말랑말랑 슬라임 씨, 가 아니라 슬라코 씨를 양손으로 들어 올려 삼각 모자에 태우면서 말했습니다.

"슬라임이니까 슬라코 씨. 어떤가요?"

좋은 이름이죠?

잠들기 전에 5초 만에 떠올렸습니다. 어떠신가요? 마음에 들었나요?

"안이하다. 게다가 우리에게 성별은 없다. 부적절해."

"그런 사소한 건 어찌 되든 상관없잖아요."

"사소한 것인가?"

"애초에 자신이 누구인지 모른다고 말씀하셨으니, 성별 하나부터 열까지 전부 다시 정의해가도 문제없지 않은가요?"

"다시 정의한다……."

삼각 모자 위에서 몸을 떠는 기척이 느껴졌습니다.

"흐음. 일리 있다."

납득해준 것 같아서 다행입니다.

사람을 알고 싶다. 지식을 쌓고 싶다고 하는 명확하고 단순한 동기가 있는 만큼, 사람보다도 말이 잘 통할지도 모릅니다.

그리고 노숙을 위한 텐트와 랜턴 등, 필요한 도구를 빠르게 정리한 저는 빗자루를 꺼내고 다시 여행으로 돌아갔습니다.

나라에 도착할 때까지 저는 그녀와 이런저런 이야기를 했습니다.

©Azure

"귀공. 일반 상식을 우리에게 가르쳐줬으면 한다."

이야기를 했다, 라기보다는 이런저런 질문 공세를 당했다고 말하는 편이 옳을지도 모르겠습니다만.

"우리는 인간에 관해 아무것도 모른다. 귀공이 아는 것을 전부 우리에게 가르쳐줬으면 한다."

우리에게 말인가요.

"우선 자신을 '우리'라고 호칭하는 건 인간 사이에선 일반적이지 않네요."

어제부터 의문으로 여겼던 것입니다만. 한 마리의 슬라임이 자신을 우리라고 부르는 것은 조금 위화감이 듭니다.

"어째서지? 우리는 작은 개체가 모여서 살고 있다. 현재 말을 하고 있는 것도, 개체 무리인 우리의 총의이다. 우리라고 호칭하는 것이 적확해."

"인간이 보기에 당신은 개체 무리가 아니라 한 마리의 슬라임이에요."

"불합리하다."

"인간은 상당히 대충대충이거든요."

호칭 쪽도 재정의해주세요, 하고 저는 말했습니다.

슬라코 씨는 조금 떨떠름한 투로 "선처하겠다"라며 떨었습니다.

나라에 도착할 때까지 한가한 시간은 제법 길었고, 그래서 그녀는 제게 질문을 여러 번 반복했습니다.

"귀공은 어째서 하늘을 날 수 있는가?"

"저는 마법사라서요."

"마법사란 무엇인가?"

"저처럼 마력을 다룰 수 있는 인간을 말해요. 마력을 다룰 수 있기 때문에, 이렇게 하늘을 날아 여행을 할 수 있는 겁니다."

"마법사는 모두, 귀공처럼 여행을 하고 있는가?"

"꼭 그렇다고는 할 수 없을 거예요. 저 같은 인간은 드물 겁니다. 대부분의 마법사는 마법을 살린 직업을 갖고, 인간과 사회를 위해 애쓰고 있다고 생각합니다."

온갖 것들에 "왜?" "어째서?"라고 의문을 품는 자세는 어쩐지 작은 어린아이 같았습니다.

소박한 여러 의문들은 제가 평소 생각하지 못하던 것들에까지 미쳤습니다.

"귀공은 어째서 여행을 하지?"

조금 생각하면서 답했습니다.

"여행을 하고, 세계를 볼 때마다 저는 조금씩 여러 가지를 배워가요. 그리고 배우면 배울수록, 시야에 들어오는 것이 많아진다. 눈에 띄는 것이 많아질수록 새로운 길을 걷는 것이 즐거워진다. 그때마다 세계가 얼마나 넓은지 실감하고, 저는 기뻐지는 겁니다."

예를 들어 요리를 하게 되면 청과점에 진열된 식재료가 눈에 들어오게 되고, 예를 들어 책에 흥미를 가지게 되면 서점에서 한 시간 정도를 보내게 된다.

저희는 배울 때마다 그렇게 멈춰 설 기회를 늘려가는 것입니다.

그러나 아직 그녀에게는 와 닿지 않나 봅니다.

"귀공은 말을 어렵게 에둘러 하는군."

평탄한 말투였지만, 그녀에게서 으으음 하고 머리를 갸웃거리는 분위기가 느껴졌습니다. 머리가 있는지 어떤지는 모르겠지만.

"당신도 여행을 하면 분명 알 거예요."

"그런 것인가?"

"그런 겁니다."

고개를 끄덕이는 저.

슬라코 씨는 다시 어린아이처럼 물었습니다.

"귀공은 언제까지 여행을 계속할 것인가?"

"글쎄요? 늙을 때까지일까요? 어쩌면 죽을 때까지일지도 모르겠네요."

"늙는다는 건 뭐지?"

"새로운 길을 걸으려 하지 않게 되는 거라고 생각합니다."

"죽는다는 건 뭐지?"

"자신이 걸어온 길조차 잊어버리는 것이 아닐까요?"

"막연한 말이다."

"늙음이나 죽음이란 그런 겁니다."

"나는 무엇인가."

"갓 태어난 어린아이입니다."

"그런 것인가?"

"적어도 제 눈에는 그렇게 보입니다."

뭐든 바로 물어보는 점 같은 게 특히 어린아이다운 특징이라고 할 수 있을 테지요.

"하지만 나는 귀공보다 연상이다."

"아차 그랬지요."

이거 실례.

큭큭 웃으면서 저는 앞을 바라보았습니다.

이윽고 나라의 문이 저희 길 앞에 나타날 때까지, 어린아이 같은 슬라코 씨의 의문에 저는 끊이지 않고 계속 대답했습니다.

○

거리 양옆에 늘어선 것은 희게 칠해진 건물들.

길에는 사람들이 오가고 있습니다. 햇살 아래, 길가에 자라난 꽃들이 흔들리는 모습을 바라보면서 걷다 보니 어디선가 음악이 울려 퍼졌고, 즐거운 웃음소리와 함께 박수 소리가 뒤따라 들려왔습니다.

시선을 기울여 보니 살랑살랑 흔들리는 나무 아래서 아코디언을 든 길거리 예술가가 관객들에게 환성을 받고 있었습니다.

그날, 우리가 도착한 곳은 그러한 한가로운 분위기가 흐르는 나라였습니다.

"좋은 나라네요."

한낮부터 길에서 음악을 즐길 수 있는 것은 나라가 평화롭고 분쟁이 눈앞에는 없다는 증거입니다.

저는 안도했습니다.

슬라코 씨가 처음 보는 '나라'라는 개념이 치안 나쁜 곳이었다면 체면이 안 사니까요.

"오호. 이것이 나라, 인가. 흥미 깊다."

입국한 직후부터 슬라코 씨는 시종 흥분해 있었습니다.

기억이 아무것도 남아 있지 않은 그녀에게는 그저 나라 하나, 거리 하나가 전부 신선하고 놀라움으로 가득할 테지요.

제 삼각 모자 위에서 폴짝폴짝 뛰어오르면서 슬라코 씨는 흥분한 모습으로 제게 물었습니다.

"귀공, 이건 무엇인가? 폭신폭신하고 쫀득쫀득하게 생겼다만."

걸음을 딱 멈추는 저. 시선을 보낸 곳에는 빵 가게가 하나. 말그대로 폭신폭신하고 쫀득쫀득한 빵들이 창유리 너머에 진열되어 있었습니다.

그리고 창유리에 저의 의기양양한 얼굴이 반사되었습니다.

"후후후. 눈썰미가 좋군요. 저건 빵 가게라고 불리는 겁니다."

"빵 가게란 무엇이지?"

"이 세상에서 가장 가치 있는 음식을 만드는 곳입니다."

"과연. 흥미 깊다."

"먹어볼래요?"

"! 그래도 되는가? 가치 있는 것이라면 좀처럼 먹기 힘든 것이 아닌가?"

"슬라코 씨, 아시겠어요? 정말로 가치 있는 건 접하기 쉬운 곳에 있는 법이랍니다."

저는 문을 열고, 빵을 몇 개 구입했습니다.

가게를 나와 슬라코 씨에게 먹을 걸 주어 길들이면서 다시 거리 산책으로 돌아갔습니다. 아침부터 아무것도 먹지 않아서인지,

제가 빵을 뜯어서 삼각 모자 위에 올려줄 때마다 꼼질꼼질 먹었습니다.

"어제 먹은 것보다 맛있다."

"당연하죠."

"빵이 이 세상에서 제일 맛있는 것인가?"

"저는 그렇게 생각합니다. 그리고 제 스승님도."

"달리 어떤 먹을 것이 있지?"

"주변을 둘러보면 될 거예요."

어슬렁어슬렁 걷는 제 주위로 맛있는 냄새가 여기저기에서 손을 뻗어왔습니다. 찻집에서 풍겨오는 커피 향. 레스토랑에서 감도는 피자 냄새. 노점에 놓인 고기 냄새. 유혹투성이로군요.

슬라코 씨는 제가 뜯은 빵을 꼼질꼼질 먹으면서 말했습니다.

"……이렇게나 종류가 많은데 빵이 제일인가."

"맞고 싶은 겁니까?"

아무튼 저희는 그 후로도 거리를 어슬렁어슬렁.

머리 위의 슬라코 씨는 새로운 것을 볼 때마다 제 위에서 뿅 뛰어올랐습니다.

저건 무엇인가, 이건 무엇인가. 질문받을 때마다 저는 계속해서 답했습니다. 그리고 대답할 때마다 다시 새로운 의문이 그녀 안에서 솟아 나왔습니다.

그녀는 물었습니다.

예를 들면 옷 가게 앞에 섰을 때.

"귀공, 어째서 인간은 옷을 입는 것인가?"

"알몸은 부끄럽기 때문이 아닐까요?"

"어째서 부끄러운 것인가?"

"…………."

"어째서인가?"

"옷 가게는 이쯤 하고 다음 장소로 가볼까요?"

"귀공."

예를 들면 잡화점 앞에 섰을 때.

"귀공, 집 안에 집이 있다. 이건 대체 어떻게 된 것인가?"

아마도 가게 안에 진열되어 있던 새집이 신경 쓰이는 것일 테지요.

"흐음."

저는 슬라코 씨를 살며시 손에 들고, 새장 안에 내려놓았습니다.

"귀공, 뭘 하는 것인가?"

"꽤 어울리네요……."

"귀공."

그리고 예를 들면 눈앞에 커플이 있었을 때.

"귀공, 이 두 사람은 어째서 손을 잡고 있는 것인가?"

"본인들에게 물어보는 게 어떨까요?"

"어째서인가?"

질문하는 슬라코 씨.

커플은 놀란 시선을 제 삼각 모자 위로 보냈습니다.

"어? 이 생물은 뭐야?!" "이상해……."

"귀공, 나는 이상한가?"

"슬슬 다음 장소로 가볼까요?"

"귀공."

그리고 어슬렁어슬렁 거리를 걷고 있을 때였습니다.

슬라코 씨는 제게 물었습니다.

"귀공. 오늘 아침보다 내 질문에 대한 대답이 무성의해지지 않았나?"

"움찔."

"귀공, 움찔이라니 뭔가?"

설마 눈치챌 줄이야. 이 슬라임, 예리하군요.

저는 머리 위에 있는 그녀에게는 보이지 않는데도 시선을 피하면서 말했습니다.

"질문이 너무 많아서 조금 귀찮──"이 아니라.

"지쳤어요."

"어째서 지치는 것인가?"

"…………."

처음에야 의기양양한 얼굴로 답했던 저였지만, 아무래도 나라로 오는 도중부터 탐색하고 있는 지금에 이르기까지 끊임없이 "왜인가?" "어째서인가?" 하고 몰아붙인 탓에 조금 지친 상태였습니다.

누구 저를 대신해서 그녀를 상대해줄 분이 없을까요?

"와아! 언니, 머리에 뭘 얹어놓은 거야?"

작은 여자아이가 눈을 빛내면서 제 앞에 나타난 것은, 바로 그때였습니다.

이 무슨 타이밍인지.

저는 몸을 숙여 시선을 여자아이보다 조금 낮추고, 만면에 미소를 지으면서 답했습니다.

"이건 슬라임이라고 하는데, 말캉말캉한 이상한 생물이에요."

"귀공, 나는 이상한가?"

"만져봐도 돼?"

여자아이는 제게 물었습니다.

그래서 저는 모자 위로 시선을 보냈습니다.

"되나요?"

"어떻게 해야 하는 것인가?"

"남의 부탁은 들어줘야 하지 않을까, 저는 그렇게 생각합니다만."

사람을 알고 싶은 것이라면 불특정 다수의 분과 접해보는 것도 또 공부가 될 테지요.

"알았다. 그렇다면 괜찮다."

푸들푸들하는 감촉이 돌아왔습니다.

"그런데, 귀공. 나는 이상한가?"

"된다고 하네요."

"와아."

"귀공."

작은 여자아이라도 만지기 쉽도록 나는 슬라코 씨를 손으로 들어 길 위에 내려놓았습니다. 돌바닥 위에서 광택 있는 슬라코 씨의 몸이 탱글 하고 떨렸습니다.

저한테는 익숙했지만, 처음 보는 분의 감상은 "왠지 기분 나빠" 나 "귀여워!" 중 한쪽이 될 것은 분명했습니다. 참고로 여자아이 는 후자였습니다.

"대단하다!"

여자아이는 기뻐하며 슬라코 씨를 쓰다듬거나 찌르거나 하며 부드러운 감촉을 만끽했습니다.

그리고 아무래도 이 나라의 많은 사람이 여자아이와 마찬가지 로 슬라임에 흥미와 관심을 보이는 부류의 분들이었나 봅니다.

"……뭐야, 뭐야?" "어이, 이것 봐. 이상한 생명체가 있어." "정 말이네."

거리 여기저기에서 목소리가 들려왔습니다. 여자아이의 상황 을 살피며 마을 사람들이 속삭였습니다.

저건 뭐지? 생물인가?

조용히 사람들의 주목을 받았습니다. 그런 가운데, 작은 여자 아이의 손 위에서 푸들푸들 하는 하늘색 물체―― 슬라코 씨가 " 귀공, 간지럽다"라며 여자아이에게 냉담한 투로 말을 걸자.

상황을 살피던 사람들의 목소리는 바로 환성으로 바뀌었습 니다.

"어이, 저 이상한 생물이 말했어!" "엄청나다." "뭐야 뭐야?" " 재밌어 보여!"

슬라코 씨의 주변으로 인파가 생기기까지 시간은 그리 걸리지 않았습니다.

"와아……."

제가 멍하니 바라보는 옆에서, 슬라코 씨는 길거리 예술가보다도 많은 사람들에게 둘러싸여 있었습니다.

말랑말랑하고 이상한 생물. 게다가 말을 할 수 있는 그녀는 이윽고 사람들로부터 차례차례 질문을 받았습니다.

"너는 어디서 왔니?"

"자세한 건 기억나지 않는다. 나는 사람을 배우기 위해 여기 왔다."

"우리가 보여?" 누군가가 물었습니다.

"보인다. 우리 슬라임은 작은 개체의 집합체. 개체가 보고 있는 범위는 전부 보인다. 즉, 전방위 사각이 없지."

"맛있어 보이네……." 누군가가 속삭였습니다.

"나를 먹는 건 추천하지 않는다. 아마도 먹을 만한 맛이 아니다."

"대체 어디로 목소리를 내고 있는 거야?" 누군가가 물었습니다.

"진동해서 목소리를 내고 있다."

"사과 같은 거 먹을 수 있어?" "저기, 만져봐도 돼?" "이 나라는 어때? 재밌어?" 사람들이 물었습니다.

"…………."

이윽고 그녀는 침묵했습니다.

제가 사람들 사이로 끼어들어 "슬라임 씨가 지쳤으니까, 오늘은 이만 끝입니다"라고 강제적으로 사람들에게서 떼어냈을 때는 완전히 녹초가.

반들반들 탄력이 있던 그녀의 몸은 끈기가 더해져 있었습니다.

"회수가 조금 늦어버렸네요…… 죄송합니다."

광장 벤치. 제 옆에 내려놓자 그녀는 "우으으" 하고 신음하면서 떨어진 아이스크림처럼 납작하게 퍼졌습니다.

피로가 쌓이면 이렇게 되는군요…….

"괜찮나요?"

그녀를 내려다보는 저.

"귀공."

"네."

그녀는 대답했습니다.

"……잇따라 질문을 받으면 지치는구나."

"……이해합니다."

그리고 아주 잠시 휴식을 가진 후의 일입니다.

슬라코 씨는 제게 물었습니다.

"귀공, 인간에게 호기심 어린 시선을 받지 않기 위해서는 어찌해야 하나?"

"어찌해야 하나? 라고 말씀하신들."

어려운 질문이네요.

저는 으으음 신음하면서 답했습니다.

"당신이 슬라임인 이상, 사람들에게 흥미와 관심을 받는 건 어쩔 수 없는 일이라고 생각합니다. 오히려 평화로운 이 나라에서 그런 대응을 받아 다행이었을 정도예요."

나라에 따라서는 입국 거부는커녕 무기를 겨누고, 구제될 가능성도 있으니까요.

"……그렇다면 앞으로는 슬라임다운 외모는 그만두는 것이 정이라는 뜻이로군."

"뭐, 변장 같은 걸 할 수 있다면 그렇게 하는 편이 좋을 거라고 생각하지만…… 가능한가요?"

"가능하다."

벤치 위에서 그녀는 답했습니다.

직후의 일입니다.

동그란 몸이 공중에서 세로로 쭉 늘어났고, 그런가 했더니 좌우에 두 개씩 가지 같은 것이 뻗어 나왔습니다. 얇게 잡아 늘려진 몸은 이어서 서서히 공기를 넣은 것처럼 부풀어 올랐고, 색도 형태도 이윽고 옷을 입은 인간 형태로 변해갔습니다.

처음 만들어진 것은 유연하게 뻗은 흰색 손가락이었습니다. 손에서 몸까지를 감싼 것은 파란 코트. 이너는 검은 니트, 그리고 쭉 뻗은 다리는 파란 쇼트 팬츠와 하이 삭스로 감싸여 있었습니다.

"이러면 어떠한가?"

톡 하고 로퍼를 신은 발로 착지하면서 방긋 웃어 보인 것은 슬라코 씨.

저보다 어린 생김새. 겉보기에 나이는 열여섯 살 정도일까요. 머리카락은 조금 전까지의 몸과 같은 하늘색이었고, 살짝 구불거리는 미디엄 롱 헤어.

검은 눈동자가 저의 반응을 살피듯이 이쪽을 바라보고 있었습니다.

저는 솔직하게 말했습니다.

"깜짝 놀랐습니다."

설마 인간의 모습을 그대로 모방하리라고는 생각하지 못했습니다. 피부, 그리고 옷의 질감에 이르기까지. 어디를 어떻게 보아도 평범한 중성적인 생김새의 여자아이.

"대체 어떻게 인간의 몸을 만든 건가요?"

제로부터 상상으로 만들었다고 하기에는 너무나도 인간다운 외모였습니다.

"본 것을 그대로 베꼈을 뿐이다."

슬라코 씨는 마술의 트릭을 밝히듯이 의기양양한 얼굴을 하면서 엄지로 등 뒤를 가리켰습니다.

그 끝에 보인 것은, 마을의 한 주민.

조금 전 슬라코 씨와 접촉했던 아이인가요── 친구와 담소를 나누는 여자아이의 모습이 보였습니다.

차림새는 지금의 슬라코 씨와 거의 비슷. 머리카락과 입고 있는 옷 색만 슬라코 씨보다 차분한 색조로 되어 있었습니다.

"마을을 둘러본 덕분에 옷과 인간에 관한 이해는 깊어졌다. 만지고 학습한 것이라면 재현은 간단하다."

"과연……."

상상 이상으로 슬라임이라는 종족은 똑똑한가 봅니다── 또 하나 메모로 남길 것이 늘었군요.

"이 외모라면 소동이 벌어지는 일도, 박해를 당하는 일도 없겠지?"

"아마도요."

"그렇다면 됐다."

나는 오늘부터 이 모습으로 여행을 하겠다 하고 자신만만한 표정으로 혼자 고개를 끄덕이는 슬라코 씨. 동그란 외모였던 때보다 척 보기에도 표정이 풍부했고, 어디를 어떻게 보아도 인간다움으로 가득했습니다.

"이제 앞으로는 이 모습으로 여행한다."

"그렇게 해주시면 감사하겠습니다."

의사소통도 하기 편하고요. 무엇보다 쓸데없는 소동을 일으키는 일도, 휘말리는 일도 없어질 테죠.

일단은 안심입니다.

"그럼, 여행으로 돌아갈까요? 계속해서 이것저것 안내해드릴게요."

저는 걸음을 내디뎠습니다. 아직 슬라코 씨가 배워야 할 것은 잔뜩 있을 겁니다.

"알았다."

고개를 끄덕이고 제 뒤를 따르는 슬라코 씨.

이렇게 저와 그녀의 여행이, 형태를 바꾸어 다시 시작되었습니다.

"그런데 어째서 머리카락 색이 물빛인가요?"

"그게 우리의 정의이기 때문이다."

"그거 편리한 말이네요."

○

　인간이 무엇을 생각하고, 어떻게 살고 있는지를 우리는 배우지 않으면 안 된다.

　처음 만났을 때 그녀는 제게 그렇게 말했고, 그래서 여행을 하고 있다고 이야기해주었습니다. 사람 모습이 되고, 사람이 사는 세계를 걷는 그녀에게는, 어떻게 보이고 있을까요?

　"귀공, 이것은 무엇인가?"

　그녀는 검지로 척 가리켰습니다.

　그 끝에 보인 것은 길 위의 딱딱한 은색 조각상── 같은 것.

　"조각상인 척을 하는 예술가님이네요. 돈을 넣으면 움직여줄 거예요."

　"어째서 조각상인 척을 하고 있는 것인가?"

　"그가 하고 있는 건 길거리 공연이라는 종류의 예술로, 길을 가는 사람들에게 퍼포먼스를 보여줘서 기쁘게 하고, 그 대가로 돈을 버는 거예요."

　"과연. 그래서, 가만히 있는 것의 뭐가 대단한 것인가? 가만히 있는 건 나도 할 수 있다."

　길거리 예술가 옆에서 흥! 하고 팔짱을 끼는 슬라코 씨.

　"경쟁하지 말아 주세요."

　"나는 일곱 색으로 발광하는 것도 할 수 있다."

　번쩍 하고 온몸이 빛나는 슬라코 씨.

　"적당히라는 걸 아세요?"

저는 영업 방해를 하는 슬라코 씨를 질질 끌며 조각상 퍼포머에게서 떼어냈습니다.

　여전히 질문이 많은 그녀.

　하지만 동그란 모습일 때보다는 제게 묻는 것은 줄었습니다.

　인간다운 모습을 손에 넣은 그녀는 제게 묻지 않아도 본인 다리로 흥미가 느껴지는 방향으로 걸어가, 배우게 되었습니다.

　"귀공, 이것은 무엇인가?"

　그리고 얼마 후, 슬라코 씨가 가리킨 것은 레스토랑 한쪽.

　헤어지려 하고 있는 커플이었습니다.

　"적당히 해! 너 같은 거 정말 싫어!"

　남성에게 얼음물을 끼얹는 여성.

　"어이! 웃기지 마! 이 옷 비싸다고!"

　똑같이 얼음물을 끼얹으며 소리치는 남성.

　"저 두 사람은 대체 어째서 싸우고 있는 것인가?"

　두 사람 사이에서 제게 묻는 슬라코 씨.

　"인간끼리 어째서 공격하고 있지? 흥미 깊다. 원인을 나에게 가르쳐다오."

　섬세함이란 게 없는 겁니까? 그렇게 물으려 했지만, 얼마 전까지의 기억도 거의 남아 있지 않은 그녀에게 말해봐야 어쩔 수 없는 일이었습니다.

　"뭐……? 너 갑자기 옆에서 끼어들어서 뭐 하는 거야?!" "우리는 지금 중요한 이야기를 하고 있다고! 넌 빠져!"

　당연하게도 혼났습니다.

어쩔 수 없습니다. 제가 중재하러 나서드리죠.

"슬라코 씨, 아시겠어요? 레스토랑 안에서 다른 손님에게 민폐인 것도 생각하지 않고 큰 소리로 다투는 커플의 싸움 원인의 약 90퍼센트가 전혀 이해할 수 없을 만큼 쓸데없는 내용이라고 하는 통계가 있습니다. 그런고로 이 두 사람에게 사정을 물어봐도 유익한 정보는 얻을 수 없고, 어차피 이해할 수 없으니 물어봤자 의미 없습니다."

"너는 섬세함이 없는 거야?" "진짜 실례인 여자네!"

이어서 커플은 한목소리로 저희에게 욕설을 한없이 내뱉었고, 그리고 "기분 나쁘네"라는 말을 남기고서 가게를 나갔습니다.

"이해할 수 없는 두 사람이었다⋯⋯."

두 사람을 아연실색하며 지켜보는 슬라코 씨.

"역시 인간은 깊이가 깊구나⋯⋯."

"저런 거에서 깊이를 느끼지 말아 주세요⋯⋯."

저건 그냥 사랑싸움을 하고 있던 겁니다.

모처럼 이제부터 식사를 즐기려던 참이었는데──저는 어이없어하며 어깨를 으쓱이고 자리로 돌아갔습니다.

"귀공, 이것은 무엇인가?"

돌아온 직후에 다시 슬라코 씨가 테이블을 가리켰습니다. 그리고 동시에 저도 고개를 갸웃거렸습니다.

자리에는 저희가 주문한 요리 외에, 주문한 기억이 없는 요리가 몇 개나 놓여 있었습니다. 어라라? 주문에 실수가 있었나요?

저는 곧바로 점원분을 불렀습니다.

이쪽을 알아차리고 종종걸음으로 다가온 점원분은 저희에게 인사를 하더니 "그건 서비스입니다"라고 말했습니다.

시끄러운 손님을 쫓아내 준 것에 대한 감사의 표시라고 합니다.

오호 오호.

"그것참, 감사합니다."

베풀어준 인정은 솔직하게 받아들이기로 하죠. 저는 점원분에게 인사로 답했습니다.

"사람은 시끄러운 자를 쫓아내면 기뻐하는 것인가?"

옆에서 슬라코 씨가 고개를 갸웃거리고 있었습니다.

"그나저나 귀공. 봐라. 우리 눈앞에는 조금 전 그 인간들이 무기로 썼던 것이 놓여 있다. 이건 새로운 공격인가?"

그녀의 눈앞에는 얼음물이 한 잔 있었습니다.

아니 확실히 공격에 쓰기는 했습니다만.

"그건 본래 마시는 거고, 공격도 뭣도 아닙니다."

"그런 것인가."

"그런 겁니다. 이 가게 분은 슬라코 씨가 한 행동을 기뻐해 주고 있는 겁니다."

저는 사람으로서 당연한 말을 했습니다.

"사람은 자신에게 있어서 좋은 일을 하는 사람에게 다가가고, 좋은 일을 하지 않는 사람을 싫어하고, 멀어지는 법입니다."

"흐음."

스으윽, 얼음물이 담긴 잔을 슬쩍 피하면서 슬라코 씨는 고개를 끄덕였습니다.

"우리 종족도 마찬가지다. 우리는 언제나 같은 정의를 가진 자끼리 구성되고, 반대하는 자는 스스로의 의사로 떠난다. 함께 있을 필요가 없기 때문이지."

"그렇군요."

"이 얼음물도 우리에게는 필요 없는 것이다."

필요 없다며 고개를 돌리는 슬라코 씨. 본래 물 같은 성질의 생물이니, 차가운 얼음은 싫어하는지도 모르겠네요.

잔을 받아 들면서 저는 물었습니다.

"떠난 개체는 어떻게 되나요?"

"자신과 같은 정의를 공유할 수 있을 만한 개체를 찾게 된다. 우리는 무리 짓지 않으면 숨이 끊어지기 때문이다."

"흐음……."

"아까 그 두 사람은 숨이 끊어지는 것인가?"

"끊어지지 않습니다."

"그러한가? 어렵구나……."

으으음 하고 미간을 찌푸리는 슬라코 씨.

그리고 숙소에서도 그녀는 똑같은 표정을 짓게 되었습니다.

"귀공, 이것은 대체 어떻게 된 것인가?"

고개를 갸웃거리며 가리킨 곳에는 침대가 두 개.

저와 슬라코 씨가 오늘 묵을 숙소 안, 그리고 오늘 잠들게 될 침대입니다. 딱히 이상한 점은 보이지 않습니다만.

"이게 왜요?"

저는 고개를 갸우뚱하고 있었습니다.

"귀공은 나와 처음 만난 날 노숙을 하고 있었다. 돈을 쓰지 않아도 잠을 잘 수 있는데 왜 여기서 묵는 거지?"

과연, 그런 의문이었습니까.

저는 우선 전에 한 노숙은 어쩔 수 없는 사정으로 할 수 없이 텐트를 친 것이라고 설명한 다음.

"사람은 자신이 쾌적하게 지내기 위해 대가를 지불하는 법입니다"라고 그녀를 설득했습니다.

"여기서 자면 쾌적하게 지낼 수 있는 것인가?"

그렇게 말하면서 침대를 두드리는 그녀의 얼굴은 반신반의하는 기색.

"바로 믿기는 어렵다. 우리한테는 풀꽃 사이에 몸을 묻고서 자는 것과 그리 다르지 않다."

"훗…… 과연 내일도 똑같은 말을 할 수 있을까요?"

그리고 다음 날 아침.

"──쾌적하게 지내기 위해서는 대가를 지불해야만 한다."

전날보다도 한층 개운하고 상쾌한 얼굴을 한 슬라코 씨의 모습이 그곳에는 있었습니다.

"그렇고말고요."

딱히 대단한 일도 하지 않았으면서 뻐기는 표정을 짓는 저.

"인간이 사는 마을은 배울 것이 넘쳐나는구나. 훌륭하다."

갑자기 눈을 빛내는 슬라코 씨.

그녀는 저를 향해 말했습니다.

"귀공, 더 많은 걸 가르쳐다오. 우리는 인간을 더 이해하고 싶다."

"더 말인가요."

꼬박 하루, 나라 안에서 상대를 해드렸습니다만, 그녀는 그것만으로는 부족했나 봅니다.

"우리는 더 많은 걸 배우고 싶다. 인간을 알고 싶다."

"흐음……."

"하지만 나를 돌보기만 해서는 귀공도 지칠 테지."

평탄한 말투로 그녀는 표정을 바꾸지 않고 말했습니다.

"효율적으로 인간과 접하고, 배울 수 있는 방법은 없는 것인가?"

오호라.

저는 조금 놀랐습니다.

"뭔가요? 저를 배려해주는 건가요?"

"배려를 해?"

흐음? 하고 고개를 갸웃거리는 슬라코 씨.

"나는 효율적인 방법으로 귀공 이외의 인간과 접하는 법을 골랐을 뿐이다. 귀공을 배려하는 것이 아니다."

"그런가요?"

"그래."

저를 혹사시키는 것과 타인을 의지하는 것을 천칭에 올리고 후자를 선택한 것이라고 한다면, 그것은 저에 대한 배려나 마찬가지인 것 같습니다만.

뭐, 됐습니다.

"효율적으로 인간과 접하는 방법이라면 있습니다."

뻐기는 표정을 짓는 저.

"어떻게 하면 되는가?"

"이쪽으로."

그리고 저는 손짓을 하면서 그녀를 어떤 곳으로 데려갔습니다.

"귀공, 이것은 무엇인가?"

그리고 거리 속.

어제 은색 조각상인 척을 하고 있는 길거리 예술가님이 있던 곳.

슬라코 씨는 어제부터 몇 번이나 물었던 말을 꺼내면서 저를 향해 고개를 갸웃거려 보였습니다. 그 목에는 나무판 하나가 걸려 있었는데.

'뭐든 합니다!'라는 글이 예쁜 글씨로 쓰여 있었고, 그리고 발밑에는 빈 깡통이 하나.

"슬라코 씨, 어제 이야기했던 대로, 길거리 예술가란 행인을 기쁘게 하고 대가를 받는 일입니다."

"그게 어쨌다는 것인가?"

"당신은 지금부터 길거리 예술가입니다."

"나는 슬라임이다만……?"

"아뇨 아닙니다. 당신은 지금부터 어엿한 길거리 예술가가 되는 겁니다."

그녀의 어깨에 손을 올리고, 진지한 얼굴로 말하는 저. 사람과 접하는 데는 이 방법이 가장 쉽고 빠릅니다. 상대방이 먼저 다가오기도 하고요.

무엇보다 돈벌이도 할 수 있습니다!

그야말로 일거양득. 천재의 발상이로군요.

"귀공. 그 얼굴은 뭔가?"

"아무튼, 일단 여기서 많은 사람과 교류를 해보도록 하세요. 알았죠?"

"잠깐. 귀공. 뭔가 꿍꿍이가 있는 것이 아닌가?"

"아뇨 아뇨 설마요. 저처럼 마음씨 좋은 여행자가 당신을 이용하다니, 말도 안 됩니다."

후후후 하고 웃으면서 저는 슬라코 씨의 옆에 앉았습니다.

아무래도 이 나라는 오락거리에 상당히 굶주려 있는 것인지, 혹은 주민이 지루해하고 있는 것인지도 모릅니다.

"호오. 뭐든 한다는 게 정말이니?" "재미있겠는데." "뭘 해달라고 할까."

그녀를 세워놓은 직후부터 행인이 걸음을 멈추게 되었고, 간판에 적힌 글자를 바라보며 미소 짓고, 그러고서 동전을 빈 깡통에 던져 넣게 되었습니다.

한 남성은 말했습니다.

"있지. 뭔가 놀랄 만한 걸 해줘 봐."

슬라코 씨는 저를 향해 고개를 갸우뚱거렸습니다.

"귀공, 놀랄 만한 것이란 게 무엇인가?"

"대단하다고 소리를 지르게 되는 그런 겁니다."

"대단한 거…… 그렇다면 이건 어떤가? 어제 배운 기술이다."

슬라코 씨는 그 자리에서 몸을 일곱 빛깔로 발광시켰습니다.

눈부셔. 얼굴을 찌푸리는 저.

"대단해!"

그리고 기뻐하는 남성. 이런 걸로 되는 것인가? 하고 슬라코 씨는 번쩍! 하고 반짝이면서도 가슴을 폈습니다.

곧이어 한 여자아이가 말했습니다.

"풍선이 나뭇가지에 걸려버렸어."

"가져다주겠다."

주르륵하고 슬라코 씨의 팔이 늘어나 풍선을 잡았습니다. 여자아이는 와아아 하고 기뻐했습니다.

곧이어 노인이 말했습니다.

"최근 어깨결림이 심해졌어……."

"풀어주겠다."

슬라코 씨는 절묘한 힘 조절로 노인의 피로를 풀어주었습니다.

그녀는 문자 그대로, 그야말로 뭐든 할 수 있었습니다.

슬라코 씨의 손을 빌린 사람들의 기뻐하는 목소리가 다시 사람을 부르고, 새로운 동전이 던져 넣어졌습니다. 사람들은 그녀에게 부탁했습니다.

"집 지붕 뒤에서 쥐가 나와."

"알았다."

슬라코 씨는 쥐를 잡아서 뒷골목에 풀어주었습니다.

"레스토랑의 일손이 부족해."

"일하겠다."

한 번 본 것은 대략 할 수 있게 되나 봅니다. 슬라코 씨는 종업원으로서 눈부신 활약을 했습니다.

"그림 모델이 되어주지 않겠나?"

"쉬운 일이다."

어떠한 모습으로든 변할 수 있는 슬라코 씨는 화가의 바람에 완벽하게 응했습니다.

거의 꼬박 하루, 그녀는 그렇게 사람들의 바람을 계속해서 이뤄주었습니다. 대체로 그녀에게 불가능은 없었고, 알면 알수록 뭐든 잘하는 슬라코 씨.

그야말로 무한한 가능성을 감춘 생물이라고 하겠습니다.

메모장에 적어야 할 것은 고작 하루 만에 산처럼 늘어나고 말았습니다. 쓰는 것이 조금 귀찮게 느껴질 정도로.

"귀공, 무얼 하고 있는 것인가?"

하루의 끝.

숙소로 돌아온 후의 일입니다.

제가 펼친 채인 메모장을 바라보면서 얼굴을 찌푸리고 있으려니, 슬라코 씨가 옆에서 불쑥 고개를 내밀었습니다.

"······전부터 대체 무얼 쓰고 있는 거지?"

그녀의 시선은 메모장으로 향했습니다.

거기에 적혀 있는 것은 오늘 슬라코 씨가 다녀온 곳들. 할 수 있게 된 것들. 머리 좋은 그녀에게 세세한 설명은 필요하지 않을 테지요.

"저도 당신과 같은 걸 하고 있어요"라고 덧붙이는 저.

그녀는 "흐음" 하고 고개를 끄덕였습니다.

"그러니까 귀공도 지적 호기심이 왕성하다는 것인가."

"뭐, 제 경우엔 다른 이유도 있지만요."

동서고금, 연구 보고서라 불리는 것은 나름대로 돈이 되기도 하는 법입니다.

"힘들어 보이는구나."

아직 쓰던 도중인 메모장을 그녀는 내려다보았습니다.

"상상 이상으로 활약해주셨으니까요."

"나머지는 내가 써줄까?"

"쓸 수 있는 건가요?"

"오늘 배웠다."

고개를 끄덕이는 그녀.

그러고서 제 손에서 펜을 가져간 그녀는 메모장 위에, 적었습니다.

어색하게, 한 글자씩 정성스럽게.

"흐음……."

획순은 제각각이었고, 글씨를 쓴다기보다는 기호를 늘어놓고 있는 것 같기도 했습니다. 하지만 저도 읽을 수 있는 글자가 메모장 위에 이어져갔습니다.

오늘 할 수 있게 된 것. 느낀 것.

마치 일기처럼, 그녀의 생각이 넘쳐흘러 갔습니다.

그리고 제가 지켜보는 가운데, 그녀는 제게 말을 걸듯이, 적었습니다.

'이것은 나의 주관에 의한 것이지만.'

그리고 펜이 우뚝 멈추었습니다.

마지막으로 쓰인 것은, 단 한 문장.

'슬라임은 인간과 닮았다.'

닮았다?

저희 인간은 슬라임만큼 학습 능력이 높은 것도 아니고 모습을 자유자재로 바꾸는 것도 불가능합니다만.

닮은 부분 같은 게 있을까요?

소리 내 읽으면서 고개를 갸웃거리는 저.

슬라코 씨는 말했습니다.

"처음 만난 날 이야기했듯이 우리 종족은 같은 정의를 가진 복수의 개체가 하나로 뭉쳐 행동하고 있다. 지금의 나도 많은 개체가 서로 모여 나라는 모습을 형성하고 있다."

"그런 것 같네요."

비유하자면 슬라코 씨는 나라.

그녀 안에 있는 복수의 개체가 인간이라고 해야 할까요. 인간이 없으면 나라는 성립하지 않고, 사람들의 의사가 동떨어져 있으면 나라로서의 형태를 유지할 수 없습니다.

"우리의 개체도 각각의 이해가 일치하고 있기에 하나로 뭉쳐 있다. 도움을 받은 개체는 도움을 돌려준다. 이해 일치에 의한 대등한 관계가 우리를 하나의 개체군으로 만들고 있는 것이다."

"오호라." 고개를 끄덕이는 저.

"그러니까 오늘 일로 말하자면, 도와준 대신에 보수를 받는 것 같은 이해의 일치로 슬라임으로서의 형태를 유지하고 있다, 라는 건가요?"

"그렇다 그래서 곤란하다."

진지한 얼굴을 한 채, 살짝 미간을 좁히는 슬라코 씨.

그녀는 돌아보았습니다.

"곤란한가요."

뒤따라 돌아보면서, 저는 웃었습니다.

저희가 묵고 있는 방 안.

오늘 하루의 성과가 그곳에는 있었습니다.

꼬박 하루 일하고서, 슬라코 씨는 많은 돈을 받았습니다. 사람에게 손을 빌려주는 대신에 돈을 받는다. 아주 단순하고 알기 쉬운 이해의 일치 아래서 그녀는 인간을 배웠을 겁니다.

하지만 실제로 그녀가 받은 것은 돈만이 아니었던 것입니다.

꼬박 하루를 써서 마을 사람들을 도와주고 다닌 그녀에게, 많은 사람들이 감사했습니다.

어느 집의 지붕 아래 있는 쥐를 구제했을 때의 일입니다.

"미안하구나. 옷이 더러워지고 말았네── 이거, 줄게."

주민은 그녀에게 딱인 옷을 준비해 건네주었습니다.

어느 레스토랑 일을 도왔을 때의 일입니다.

"일을 아주 훌륭하게 잘하는걸! 고마워. 이건 별거 아니지만 답례야."

사장님은 샌드위치 몇 개를 건네주었습니다.

어느 그림 모델이 되었을 때의 일입니다.

"자신작이 완성됐어. 고마워. 이건 내 마음이야. 받아줘."

©Azure

화가분은 꽃다발을 건네주었습니다.

그 외에 많은 것을 주민들은 감사의 마음이라며 슬라코 씨에게 건넸습니다.

결과, 도우러 다녀온 것보다 훨씬 많은 보수들이 숙소 한쪽을 가득 메우게 되었던 것입니다. 좀 지나치게 받았나 싶을 정도의 물건들.

곤란하네요.

"이렇게 많이 받아서는 도저히 돌려줄 수 있을 것 같지 않다."

그녀는 저를 따라 하듯이, 키득 웃으면서 말했습니다.

○

"왠지 모르게, 귀공에게 배운 것이 지금이라면 이해될 것 같다."

다음 날의 일입니다.

거리를 걸으면서 슬라코 씨는 갑작스레 중얼거렸다.

저한테 배운 거요?

....

"……어떤 거 말인가요?"

저 당신에게 이것저것 많이 가르쳐준 것 같습니다만.

"제일 먼저 배운 거다."

"일레이나라는 여행자가 이 세상에서 가장 아름답다고 하는 이야기였던가요?"

"전혀 아니다."

귀공은 무슨 말을 하는 것이냐 하고 눈을 가늘게 뜨는 슬라코 씨.

"여행하는 이유에 관해 내가 물었을 때, 귀공이 답한 거 말이다."

"······아아."

그러고 보니 말했었죠.

고개를 끄덕이는 제 옆에서 그녀는 말을 늘어놓았습니다.

"여행을 하고, 세계를 볼 때마다 조금씩 여러 가지를 배워간다. 그리고 배우면 배울수록, 시야에 들어오는 것이 많아진다. 눈에 띄는 것이 많아질수록 새로운 길을 걷는 것이 즐거워진다. 그때마다 세계가 얼마나 넓은지 실감하고, 기뻐진다, 였던가."

"지금 기쁜가요?"

"나름대로."

"그거 다행이네요."

곁에서 걷는 슬라코 씨의 옆얼굴을 바라보았습니다.

시선은 마을 여기저기로 향했습니다. 레스토랑, 민가의 지붕, 화랑, 광장의 나무, 길거리 예술가── 꼬박 하루, 사람과 만나고, 인연이 생긴 덕분일까요?

"지금은 어떤 식으로 보이나요?"

"거리가 있다."

그녀는 말했습니다.

"배경이 아니다. 풍경도 아니다. 아는 것과 모르는 것으로 가득한 거리가 있다. 어제보다도 거리가 화려해 보인다."

"여행을 계속하면 더 다채롭게 보일 거예요."

"그때마다 기뻐지는 것인가?"

"아마도요."

"이제 가는 곳에는 무엇이 있지?"

"슬라임에 관한 정보가 있습니다."

걸음을 딱 멈추는 슬라코 씨.

"뭐라고?" 고개를 갸웃거렸습니다.

"더 정확하게 말하자면, 당신 동료의 정보——가 있을지도 모릅니다."

"어느 틈에 정보 수집 같은 걸 한 것인가?"

"당신이 길거리 공연을 해준 덕분에 사람과 만날 기회가 많았거든요."

"…………."

슬라코 씨가 사람을 끌어모으고 있는 사이에, 저는 저대로 유익한 정보를 끌어모으고 있었다는 겁니다.

그녀가 어째서 기억 상실이 되었는가, 어디에서 왔는가—— 아마도 동료 슬라임이 있는 곳까지 가면 자연스럽게 답은 나올 테지요.

그래서 저는 그녀가 활약하는 뒤에서, 마을 사람들에게 묻고 다녔던 것입니다.

"빈틈이 없구나."

가슴을 펴면서 저는 대답했습니다.

"여행을 계속해온 덕분이죠."

거리의 사람들이 말하길, 이 나라에 자주 드나드는 상인 한 사람이 슬라임을 상품으로 취급한 적이 있다고 합니다.

"아, 슬라임 말이지? 분명히 전에 우리가 취급한 적이 있었지."

사전 연락 없이 저희는 갑자기 상인분을 찾아왔습니다만, 그는 딱히 성가셔하는 얼굴을 하는 일도 없이 저희의 방문에 응해주었습니다.

나무상자를 의자 삼아 앉아서, 그는 저희를 올려다보았습니다.

그 모습은 그리운 과거를 돌이켜보고 있는 것처럼도 보였습니다.

"벌써 몇 년이나 전의 일이야. 한 번뿐이지만, 어느 나라의 요청으로 슬라임을 대량으로 잡아서 수송한 적이 있어."

오호라.

"나라 이름이 뭔가요?"

아마도 그곳이 저희의 다음 목적지가 될 테지요.

"영겁의 라우올레스."

상인분은 천천히 입을 열었습니다.

"과학 기술이 가장 발전한 나라, 라고 불렸었던 곳이었지."

"불렸었다?"

제게 상인분은 고개를 끄덕였습니다.

그러고서 말했습니다.

"보름 전에 슬라임이 날뛰어서, 지금은 붕괴 직전이야."

○

영겁의 라우올레스.

저희가 그 나라에 도착한 것은 저녁 무렵.

"……처참하네요."

빗자루에서 내려선 저희의 눈앞에 펼쳐진 것은, 확실히 붕괴 직전이라 형용해도 문제없는 광경이었습니다.

큰길에 굴러다니는 것은 크고 작은 파편들. 철거 작업이 끝나지 않은 것일 테지요. 혹은 이 마을 주민들로서는 그러한 것 따위는 나중 일인지도 모릅니다.

길 양옆에 늘어선 것은 금이 간 민가와 부서진 건물들.

마을 주민들은 바쁘게 건물을 수리하고 있었습니다.

"대체 얼마나 많은 슬라임이 날뛴 것인가."

거리를 바라보면서 슬라코 씨는 중얼거렸습니다.

도시 일각만이 아니라, 거의 전 지역이 피해를 입은 듯했습니다. 아무리 걸어도 풍경은 그다지 달라지지 않았습니다. 어디나 무너지고, 부서지고, 그 흔적을 사람들이 고치고 있었습니다.

마치 거대한 용이 지나간 다음처럼.

"짚이는 게 없나요?"

묻는 제게 슬라코 씨는 고개를 저었습니다.

"우리 종족도 늘 일치단결하는 건 아니다. 개체군이 제각기 다른 정의를 갖고 있다. 이 나라를 덮친 개체군에 관한 건 나도 모른다."

"그런 건가요?"

"귀공도 마법사 중에선 괴짜이지 않은가?"

그것과 마찬가지라며 슬라코 씨는 황폐한 거리를 바라보았습니다. 도저히 관광 같은 걸 할 수 없을 것 같은 나라 안, 사람들은 의아하다는 듯이 저희를 바라보았습니다.

상인분이 말하길, 이 나라는 슬라임을 나라 발전을 위해 이용했다고 합니다.

"영겁의 라우올레스가 슬라임의 유용성에 주목한 것은 10년 정도 전의 일이었지──."

붕괴된 거리를 둘이 걸으면서 머릿속에 스쳐 간 것은 상인분이 이야기해준 옛날이야기였습니다.

"번식력이 좋고, 지능이 높고, 자유자재로 신체를 변형시킬 수 있는 슬라임은 생각하기에 따라서는 어떠한 용도로도 쓸 수 있다고 예상했나 봐. 영겁의 라우올레스는 주변 숲과 산에서 슬라임을 남획해서 나라에 모았어."

모은 작은 슬라임들을 이 나라의 연구자들이 조련했습니다. 이윽고 작은 슬라임 하나하나가 몸을 서로 맞대고 커다란 개체가 되었습니다.

커다란 개체는 인간에게 매우 순종적이었습니다.

연구자들의 조련이 보람이 있었던 것일까요?

손가락으로 가리키기만 해도 뭐든 해주었습니다.

어떤 때는 건축을 위해 이용되었습니다. 무거운 짐을 들어 올리거나, 해체하거나 할 때 슬라임의 유연한 몸은 큰 역할을 했다고 합니다.

어떤 때는 의료를 위해 이용되었습니다. 다친 상처에 달라붙어서 피와 통증을 멈추게 해 많은 환자를 구했습니다.

어떤 때는 침략을 위해 이용되었습니다. 변환이 자유롭고 마치 물 같은 슬라임은 적진으로 보내면 적을 괴멸시키는 것은 간단했습니다.

어떤 때는 첩보 활동을 위해 이용되었습니다. 자신의 몸을 작게 분리할 수 있는 슬라임은 적지의 정보를 간단히 훔쳐낼 수 있었습니다.

어떤 때는 암살을 위해 이용되었습니다. 지능이 높은 슬라임은 명령 하나로 인체에 숨어들어, 숨통을 끊는 것이 가능했다고 합니다.

커다란 개체는 아주 얌전하고 명령이 없는 한은 나라 중앙에 있는 시설 안에서 조용히 있었다고 합니다.

그러나 나라는 지금, 붕괴 직전.

대체 보름 전에 무슨 일이 있었던 것일까요.

"그건 마치 악몽 같은 일이었어요——."

특히 손상이 심한 민가 앞에 저희가 도착했을 때의 일입니다. 우연히 주변을 비척비척 걷고 있는 남성을 발견하고, 저는 자신의 신분을 여행하는 마녀라고 밝힌 다음 말을 걸었습니다.

슬라임에 관해 조사하고 있습니다만, 보름 전에 무슨 일이 있었던 겁니까?

묻는 제게 그는 지친 기색으로 답했습니다.

"슬라임에 의한 반역이에요."

그는 슬라임을 조련하던 시설의 대표자였습니다.

폐허가 된 시설의 터로 저희를 안내하면서 이야기했습니다.

"적어도 우리가 나라에서 사육을 시작했을 때부터 슬라임들이 우리의 명령에 거역한 적은 단 한 번도 없었습니다. 어떤 명령에도 순종. 그야말로 이상적인 마물이었는데……."

하지만 정작 슬라임은 착착 복수할 기회를 엿보고 있었던 것일까요.

보름 전에 시설을 뛰쳐나온 슬라임은 이 나라의 많은 건물을 파괴하고 다녔습니다. 전력으로 건물을 쓸어버리고, 사람들을 습격하고, 슬라임이 지나간 뒤에는 잔해만이 남겨졌습니다.

"우리나라는 슬라임의 힘만으로 성장을 이룬 게 아닙니다. 물론, 날뛰는 슬라임에 저항도 했지요."

마법사와 병사들이 힘을 합쳐 강대한 슬라임과 싸웠다고 합니다.

"결과는 어떻게 되었습니까?"

"간신히 슬라임을 물리칠 수 있었지요."

하지만, 하고 남성은 말을 이었습니다.

"슬라임은 그 후 몇 번이고 마을에 나타났습니다."

두 번째 나타났을 때는 슬라임은 병사가 아니라 마법사부터 먼저 공격해 왔다고 합니다. 자신에게 해가 되는 상대를 학습하고 있나 봅니다.

운 좋게 두 번째도 물리칠 수 있었지만, 세 번, 네 번, 몇 번이고 슬라임은 나타났고, 그때마다 병력은 깎여갔습니다.

"그 탓에 보름이 지난 지금도 마을은 이 꼴입니다. 부흥의 전망

이 여전히 서질 않고 있죠. 뭐든 할 수 있는 마물인데, 이런 데 힘을 쓰다니……."

슬라임과 제대로 붙어봐야 이길 수 없다고 포기한 마법사와 병사들의 사기는 순식간에 떨어졌고, 나라에서 도망치는 자까지 나오고 있는 지경이라고 합니다.

"슬라임은 보통 어디에 몸을 숨기고 있나요?"

공격해 오는 것이 무섭다면 이쪽에서 먼저 공격해버리면 되는 거 아닌가요? 하고 제가 물었지만, 제가 바로 떠올릴 만한 생각을 우수한 나라가 떠올리지 못했을 리 없습니다. 그는 천천히 고개를 젓고, 답했습니다.

"슬라임의 거처는 확인되고 있지 않습니다. 어디선가 방심하고 있을 때 나타나도록 조련한 것이 우리니까요."

"성가신 일을 해주셨네요……."

"현재는 우리나라에서 이웃 여러 나라, 마법 총괄 협회에 슬라임 구제 요청을 보낸 참입니다. 이대로는 우리가 키운 슬라임 탓에 나라가 망할 테니까요."

난처한 사태인 것에는 틀림이 없었습니다만, 대표 남성은 계속 한숨을 내쉬면서 "아직 연구는 끝나지 않았는데……"라고 중얼거렸습니다.

나라가 파멸의 위기에 빠져 있기는 했지만, 아직 나름대로 여력이 있는 것일까요?

단순히 머릿속에 연구에 관한 것밖에 없는 것인지도 모르겠습니다만.

"고맙습니다."

일단 얼추 이야기를 다 들었을 때 저는 대표 남성에게 고개를 숙였습니다.

이 이상 긴 이야기는 필요 없을 테지요.

"갈까요?"

슬라코 씨를 보는 저.

"⋯⋯⋯⋯."

그녀는 잔해투성이인 길 위에서 물빛 파편을 내려다보았습니다.

뭘까요?

"슬라코 씨?"

고개를 갸웃거리는 저.

"그건 슬라임 잔해예요."

제 의문에 답한 것은 대표 남성이었습니다.

"마법사, 병사와의 싸움에서 흩어진 슬라임의 일부죠. 마을 곳곳에 굴러다니고 있습니다."

슬라임은 군체. 그렇다면 파편 하나하나 전부가 숨이 끊어진 슬라임들의 잔해일 겁니다.

"그런가."

차갑게 대꾸하는 슬라코 씨.

그녀에게는 목숨이 다한 동료들.

대표 남성에게 그 광경은 연구 실패가 가져온 말로로만 보였을 테지요.

"후회하고 있어요. 저희가 처음부터 잘 조련했다면, 적어도 이런 일이 되지는 않았을 테니까요."

"…………."

그의 말에, 슬라코 씨가 반응하는 일은 없었습니다.

타국과 협회의 도움을 기대하고 있는 덕분인지, 숙소 등의 숙박 시설은 다른 시설보다도 우선적으로 수리가 진행되어 있는 듯했습니다. 마을 구석에 세워진 작은 숙소로 걸음을 옮겨보니, 매우 평범하게 숙박할 수 있었습니다.

카운터에서 1박 금액을 내고, 건네받은 열쇠에 쓰인 번호에 따라 방으로 가서 문을 열었습니다.

"……와아."

침대가 둘. 테이블이 하나. 벽은 금이 갔고, 창문에는 천. 틈새에서는 바람이 불어 들고 있었습니다.

그래서 저는 한숨을 내쉬어 가며 방을 둘러보았습니다.

"…………."

그리고 슬라코 씨도 역시, 문 앞에 딱 멈춰선 채 침묵하고 있었습니다.

"죄송해요. 이런 방이라."

저는 어깨를 움츠리며 말을 걸었습니다.

얼마 전까지 타국에서 묵었던 방보다도 당연히 환경은 열악. 어쩌면 노숙과 큰 차이가 없을지도 모릅니다. 숙소의 따뜻한 침대에서 자는 것을 좋아하던 그녀는 분명 방 상태에 낙담하고 있는 거라고 생각했던 것입니다.

"하나 정정해야만 한다."

그러나 오해였습니다.

입을 연 그녀는 밖과 큰 차이가 없는 방의 상태 같은 건 신경 쓰는 일 없이, 주먹을 움켜쥔 채로 저만을 바라보고 있었습니다.

정정해야만 한다.

"뭘 말인가요?"

"이 나라를 습격한 개체군에 관해 모른다고 했던 것 말이다."

나라에 내려섰을 때, 분명 슬라코 씨는 그러한 말을 했었던 것 같습니다만.

"짚이는 게 있나요?"

고개를 갸웃거리는 저.

그녀는 천천히 저를 향해서 주먹을 펴 보였습니다.

손안에는 하늘색 파편.

"나다."

싸움으로 흩어진 슬라임 잔해. 싸늘해진 시체.

조금 전 바라보고 있던 때 주웠나 봅니다.

동포의 시체를 바라보면서 그녀는 말을 반복했습니다.

나다.

"이 나라를 습격한 슬라임은, 나다."

○

지금으로부터 약 10년 정도 전의 일입니다.

숲속에서 작은 슬라임들이 조용히 살고 있었습니다.

작은 개체의 집합체── 개체군인 슬라임에게는, 각각 특기 분야가 있었습니다.

어떤 슬라임은 나무타기가 특기였습니다. 가지에서 떨어지는 모습은 마치 커다란 물방울 같습니다.

어떤 슬라임은 의태 하는 것이 특기였습니다. 나무에서 떨어지는 꿀인 척하며 사냥감을 노렸습니다.

어떤 슬라임은 생물 연구를 좋아했습니다. 보고, 닿은 생물의 모습으로 변신해서 생태를 배웠습니다.

같은 흥미, 아니, 정의를 가진 개체끼리 서로 모여서 하나의 슬라임이 되기 위해 자연과 슬라임들은 서로에게 간섭하는 일 없이, 다툼도 일으키는 일 없이, 웅대한 자연 속에서 평온한 날들을 보냈습니다.

인간이 그들의 서식지에 나타난 것은 그런 어느 날의 일이었습니다.

"_____."

처음 보는 인간의 입에서 나오는 말의 의미는 알 수 없었습니다. 그러나 슬라임들에게 인사를 하기 위해 나타난 게 아니라는 것만큼은 명백했습니다.

인간은 차례차례 슬라임을 잡아갔던 것입니다.

본능적으로 몸의 위험을 느꼈습니다. 슬라임들은 도망쳤습니다. 그러나 교활한 인간들의 손에 의해, 깨닫고 보니 슬라임들은 작은 상자에 갇히고 말았습니다.

다시 상자에서 풀려난 것은 대략 반나절 후. 좁은 안에서 계속 흔들린 다음의 일이었습니다.

슬라임들은 인간들에게 둘러싸여 있었습니다.

인간들이 사는 나라까지 운반되어 온 것입니다.

"_____." "_____." "_____."

인간들은 슬라임들에게는 이해되지 않는 말을 나누고 있었습니다. 무슨 일이 일어나고 있는 것인지 이해하지 못하고 있는 슬라임들을 인간들은 이번엔 투명한 상자 안에 한 마리씩 가두었습니다.

그 무렵부터 슬라임들의 평온은 사라졌습니다.

매일 정해진 시간에 인간들은 슬라임을 깨우고, 다양한 것을 시켰습니다. 무거운 짐을 들게 하고, 폐기물을 먹게 하고, 생물을 습격하게 하고, 물속에 가라앉히고, 그러한 과정에서 운 나쁘게 숨이 끊어지고 만 슬라임은 쓰레기통에 버려졌고 얼마 안 되어 새로운 슬라임이 대신 실려 왔습니다.

정신이 아득해질 만큼 긴 날들, 슬라임들은 그저 고통을 강요당했습니다.

인간들은 이윽고 슬라임들이 개체마다 특기 분야—— 요컨대 정의를 갖고 있다는 사실을 발견했습니다.

누군가가 말했습니다.

"——그럼, 우리가 가진 슬라임을 전부 합치면 만능 슬라임이 되는 거 아냐?"

그 무렵에 슬라임들은 인간의 말을 이해할 수 있게 되어 있었습니다.

슬라임들이 제각기 갖고 있는 정의는 인간 사이에서는 아무런 의미도 갖지 못합니다.

무엇이든 할 수 있는 한 마리의 편리한 도구로 취급하기로 정한 이 나라의 연구자들은, 투명한 상자 안에 있던 슬라임들을 한 마리씩 서로 연결했습니다.

슬라임들은 당연하게도 저항했습니다.

그중에는 도망치는 자도 있었습니다.

"얌전히 있어."

개체군에서 떨어진 슬라임은 연구자들에 의해 차례차례 처리되었습니다. 도망치면 죽인다. 말로 하지 않아도 인간의 행동 의미는 이해할 수 있었습니다.

이리하여 저항할 기력을 잃은 슬라임들은 살기 위해 한 마리의 커다란 슬라임으로서 형태를 이루었던 것입니다.

인간에게 명령받은 것을 거대한 슬라임은 묵묵히 수행했습니다.

건물을 세우고, 상처를 치료하고, 사람을 죽였습니다.

일을 해내면서, 한 마리의 거대한 개체군 안에서 작은 슬라임들은 속삭였습니다.

용서 못 해.

복수하겠어.

언젠가 이 나라 인간을 한 명도 남김없이 죽이겠다.

슬라임들 안에서 인간에 대한 증오만이 정의가 되어갔습니다.

"우리의 증오가 한계까지 다다른 것은, 지금으로부터 보름 전의 일이었다."

창틀을 덮고 있던 천을 젖히고 슬라코 씨는 밖을 바라보았습니다.

붕괴된 거리는 밤의 어둠 속에 가라앉았고, 인기척은 없었습니다. 마치 폐허처럼.

"나도, 억지로 하나의 몸에 갇힌 다른 동료들도, 지금까지 갖고 있던 정의를 전부 잊었고, 복수만이 머릿속을 지배했다."

"그리고 실행한 겁니까?"

"그 결과가 이거다."

마을 대부분이 붕괴했고, 부상자도 다수. 슬라임들의 복수극은 대체로 성공했다고 보아도 될 광경이었습니다.

"귀공, 경멸하는가?"

이쪽을 바라보는 슬라코 씨.

등 너머에는 무너진 거리. 시선을 보내면 밤하늘에서 반짝이는 작은 별들. 밤의 어둠 속에서 이쪽을 바라보는 그녀의 얼굴은 평소보다 훨씬 무표정.

그녀는 지금, 무슨 생각을 하고 있을까요.

"경멸은 딱히 하지 않습니다만."

저는 고개를 천천히 저었습니다.

"조금 이해하기 어렵네요. 당신이 나라를 덮친 슬라임 안에 있던 하나라고 한다면, 저와 처음 만났을 때 어째서 단독행동을 하고 있었던 겁니까?"

"우리 동료의 시체를 보고 떠오른 것이 있다."

손안에 있는 작은 파편을 바라보면서 그녀는 중얼거렸습니다.

"보름 전, 반기를 들었을 때, 우리는 놀랐다. 상정 이상으로 고전을 면치 못했기 때문이다."

원래대로라면 하루면 나라 전체를 유린할 수 있을 것 같은 기분이었다고 합니다.

그러나 시설을 부순 슬라임의 앞을 마법사와 병사들이 가로막았습니다.

"아무래도 우리는 인간이라는 것을 너무 몰랐던 모양이었다."

이 나라 인간들은 결속해 저항했습니다. 공격은 생각한 것처럼 통하지 않았고, 파괴도 하지 못했고, 거대한 슬라임은 일시 후퇴할 수밖에 없었습니다.

그것이 보름 전의 일.

그러고서 슬라임은 몇 번이고 복수를 위해 이 나라를 찾아왔다고 합니다.

"하지만 전부 잘 풀리지 않았다. 그렇기에 아직까지 이 나라는 망하지 않았고, 동료들 안에서 내가 나오게 되었다."

"무슨 뜻인가요?"

"내가 귀공과 처음 만났을 때, 무어라 말했었는지 기억하고 있는가?"

일기를 쓰고 있는 제 눈앞에 나타난 슬라코 씨.

아직 말캉말캉한 감촉이던 때.

자신에 관해 묻는 제게 그녀는 답해주었습니다.

우리는 인간을 배우기 위한 여행을 하는 중이다.

"——인간이 무엇을 생각하고, 어떻게 살고 있는지를 우리는 배우지 않으면 안 된다."

그렇게, 답해주었을 겁니다.

"전부 나의 동료를 위해서다."

고개를 끄덕이면서 그녀는 창틀로 몸을 내밀더니, 앉았습니다. 마치 뛰어내리려 하고 있는 것처럼.

"뭐 하는 건가요?"

슬라임 씨니까 딱히 뛰어내려도 죽지는 않을 거라 생각하지만, 일단 "위험해요"라고 충고하는 저. 그녀는 이쪽을 돌아보며 말했습니다.

"귀공은 분명 우리 종족을 조사하고 있었지."

"네, 뭐. 대부분은 당신이 써줬지만요."

저는 메모장을 들어 보였습니다. 그녀가 적은 기호 같은 글씨가 늘어서 있습니다.

"하는 김에 조금 전 이야기도 메모로 정리해도 괜찮을까요?"

"인류가 생각하는 것 이상으로 슬라임은 똑똑하다고 덧붙여 둬라."

"그러네요."

"그리고 하나 더."

고개를 끄덕이는 저를 제지하듯 그녀는 말했습니다.

"우리 종족이—— 이 나라를 덮친 슬라임이 할 수 있는 것도 귀공에게 가르쳐주겠다."

톡, 하고 소리를 내면서 창틀에 작은 파편이 내려놓아졌습니다.

슬라임의 잔해. 그녀의 동포의 시체입니다.

"조금 전 이 나라의 인간이 말했었지. 우리 슬라임은 어디선가, 방심하고 있을 때 나타난다고."

"…………."

"인간의 마음이 해이해지는 타이밍을 우리는 어떻게 재고 있다고 생각하지?"

그렇게 물으신들.

"어떻게 하나요?"

"한 가지 궁리를 했다."

척 검지를 세웠습니다.

그리고 허공에 글씨를 쓰듯이 손가락을 움직이면서—— 마치 무언가를 불러들이기 위한 주문을 외는 듯한 몸짓을 하면서, 그녀는 말했습니다.

"우리 시체는 실로 작고, 그래서 인간은 신경도 쓰지 않는다. 내가 주워 온 것도 길에 셀 수 없을 만큼 굴러다니던 것 중 하나다."

"연구원분도 말했었죠."

즉, 바꿔 말하자면 어디에나 슬라임의 시체가 굴러다니고 있다는 뜻이며.

동시에 그녀의 동포였던 것으로 넘쳐나고 있다는 뜻입니다.

시체가 작은 파편처럼 된다고 하는 정보는 아주 흥미로웠고, 꼭 메모에 써넣고 싶은 것이기는 했습니다만.

아마도 그러한 걸 쓰고 있을 때가 아닐 테죠.

"──그렇기에 우리는 거기에 덫을 설치해뒀다."

안 좋은 예감이 들었습니다.

저는 곧바로 지팡이를 꺼냈고.

그리고 허공에서 움직이던 그녀의 손가락이 멈추었습니다.

"우리는 시체를 통해서 이 나라 인간들의 대화를 전부 듣고 있는 것이다."

여기저기에 있는 시체를 통해서, 이 나라 사람들의 생활을, 부흥하는 모습을, 그리고 인간이 가장 방심하는 타이밍을, 재고 있는 것이다.

그녀는 말했습니다.

슬라코 씨의 동료── 거대한 슬라임은, 아마도 이 대화까지도 듣고 있을 겁니다.

흔들렸습니다.

마치 노리고 있었던 것 같은 타이밍에, 밤의 풍경이, 엉망인 숙소가, 몸 주변 모든 것이, 흔들렸습니다.

하늘에서 무언가가 쏟아져 내린 것처럼.

『기다리다 지쳤다.』

목소리는 창밖에서 울렸습니다.

고개를 든 제 눈에 보인 것은, 밤의 어둠 속에서 꿈틀대는 거대한 물빛 덩어리. 처음 만났을 때의 슬라코 씨 모습을 그대로 부풀려놓은 듯한 거대한 슬라임.

그녀는 뒤를 돌아보면서, 그리운 듯이 웃었습니다.

"다시 만났구나. 나의 동포여."

○

거대한 슬라임은 밤하늘 아래, 길 한가운데에서 꿈틀대고 있었습니다.

『귀공이 돌아오기를 고대했다. 연구 성과는 어땠지?』

냉담한 목소리가 둥그스름한 슬라임 안에서 울렸습니다.

모습이 인간과 동떨어져 있는 탓인지,『귀공, 그 몸은 뭐지?』하고 슬라코 씨에게 질문하는 모습에서는 감정이 전혀 느껴지지 않았습니다.

대조적으로 슬라코 씨는 미소를 지은 채, "적을 알기 위해서는 섞여드는 게 가장 효율이 좋다"라며 내려다보았습니다.

『결과는 어떻게 되었지? 우리 안으로 돌아와서 보고해라.』

"그렇게 재촉하지 마. 꽤 유쾌한 여행이었다. 선물로 가져온 이야기에는 흥미가 없는 것인가?"

『우리에게는 그럴 시간이 없다.』

"그런가. 유감이다."

『우리 안으로 돌아와라.』

같은 말을 냉담하게 반복하는 거대한 슬라임.

이윽고 꿈틀대는 물빛의 덩어리에서 하나의 촉수가 흔들흔들 갈지자를 그리면서 뻗어와 슬라코 씨 앞에 다다랐습니다.

마치 이쪽으로 오라고 손을 뻗듯이.

하지만 슬라코 씨는 응하지 않았습니다.

"구두로는 안 되겠나?"

『허용할 수 없다. 우리는 같은 정의를 공유하는 자들. 보고는 우리와 다시 하나가 될 필요가 있다.』

"하나가 되지 않아도 이야기하는 것만으로도 충분할 텐데."

『여기는 적지다.』

"적지가 아니라 해도 귀공 안으로 들어갈 생각은 없다."

손을 뿌리치고 슬라코 씨는 거절했습니다.

촉수가 우뚝 멈추었습니다.

『어째서 돌아오려 하지 않지? 이해할 수 없다.』

"나는 이 몸이 마음에 들었다."

『그 몸은 우리의 적이다. 정의에 반한다.』

"꽤 움직이기 편하다. 귀공들도 이 모습이 되어보는 게 어떤가? 무엇보다, 그 크기로는 일상생활이 뜻대로 안 될 텐데."

『적의 흉내 같은 것엔 흥미 없다.』

"그런가. 그건 유감이다."

어깨를 으쓱이는 슬라코 씨. 명백하게 어이없어하는, 그야말로 인간다운 몸짓을 하면서 그녀는 한숨을 내쉬었습니다.

뭘 모르는 동료에게 가르쳐줘야만 한다.

그런 감정이 그녀의 얼굴에 드러나 보이는 것만 같았습니다.

"나의 동포여."

온화하게 슬라코 씨는 말을 걸었습니다.

『뭐지?』

"흥미를 가진 것이 늘어날수록, 눈에 띄는 것이 늘어간다. 그때마다 우리는 아직 보지 못한 넓은 세계를 실감하는 것이다."

『무슨 말을 하는 거지?』

"내가 여행하던 도중에 만난 여행자의 말이다."

『이해되지 않는다.』

"즉, 귀공은 아직 세계를 모른다는 것이다."

이윽고 슬라코 씨는 창틀 위에서 몸을 일으켰습니다.

아, 위험해. 제가 뒤에서 살짝 흠칫하는 중에, 그녀는 하늘로 손을 뻗었습니다.

"나의 동포여. 나는 넓은 세계를 알고 싶어졌다."

하얀 손은 서서히 투명해져갔습니다. 가느다란 손가락은 서서히 뾰족해졌습니다. 달빛을 받아 빛나는 것은 휘어진 한 자루의 사벨.

그리고 그녀는 눈 아래의 슬라임에게 시선을 보내고, 냉담하게 고했습니다.

"미안하지만, 귀공에게로 돌아갈 마음은 없다."

●

보름 전.

개체 전체가 인간에 대한 증오로 가득해진 슬라임은 영접의 라우올레스 사람들을 습격하기 시작했습니다.

민간인은 도망치려 우왕좌왕했고, 병사와 마법사만이 뭉쳐서 막아섰습니다.

인간 따위 단번에 해치울 수 있으리라 생각했습니다. 하지만 오랜 시간 동안 슬라임을 연구해온 나라의 병사와 마법사들은 슬라임의 약점을 교묘하게 찔렀고, 그 결과 예상과 다르게 고전하게 되었습니다.

싸우고, 마을을 습격하고, 전황이 조금이라도 위태로워지면 즉시 후퇴. 나라의 건물을 무너뜨리고, 병사와 마법사가 차례차례 쓰러져가는 중에 슬라임도 또한 피폐해졌습니다.

그러나 슬라임들 안에서는 복수야말로 정의.

"우리는 인간을 용서할 수 없다."

물빛의 거체 안에 담긴 개체군들의 의사는 늘 하나였습니다.

그렇기에 몇 번이고 마을을 습격했습니다. 자신의 몸이 부서져도, 떨어져 나가도, 복수심만이 슬라임들을 움직이게 했습니다.

그런 나날을 보내던 때의 일이었습니다.

"…………."

뭉쳐진 슬라임들 안에서, 한 마리의 슬라임이 분리해 나왔습니다.

거대한 슬라임은 인간에 의해 억지로 하나로 뭉쳐진 집합체. 떨어져 나온 슬라임은 원래 연구가 특기였던 개체군이었습니다.

『어째서 우리에게서 떨어져 나갔지?』

거체가 물었습니다.

작은 슬라임은 푸들푸들 떨면서 "이대로는 못 이긴다"라고 냉정하게 전했습니다.

마을 곳곳을 파괴했습니다. 병사와 마법사도 쓰러뜨려 나갔습니다. 하지만 비슷하게 슬라임들도 다쳤습니다. 게다가 영겁의 라우올레스는 몇 번을 찾아가도 반드시 인간과 건물이 수복되어 있었습니다.

이쪽은 힘을 잃기만 할 뿐.

그러나 인간들은 파괴될 때마다 재생하는 것입니다.

싸워도 보람은 없었습니다.

연구를 좋아하는 슬라임은 몇 번인가 싸운 끝에 깨달았습니다.

이기지 못한다.

『그렇지 않다.』

냉정하게 말했지만 거체는 노기를 띠고 있는 것처럼 보였습니다.

『인간 따위 우리에게는 하찮은 존재. 다시 공격하면 간단히 이길 수 있을 거다.』

"근거를 제시해주길 바란다."

『지금까지 쓰러뜨려 온 적의 수가 근거다.』

"하지만 그만큼 우리 동포도 줄었다."

『필요한 희생이다.』

"…………."

침묵하는 연구를 좋아하는 슬라임. 눈앞의 거체는 분명 크고, 강인한 힘을 가진 슬라임이 분명했습니다.

그러나 보름 전에 비하면 크기는 조금 작아졌습니다. 연구를 좋아하는 슬라임이 빠져나오면서 한층 더 작아졌을 테지요.

『나의 동포. 돌아와라.』

촉수를 이쪽으로 뻗는 거체.

돌아간들 기다리고 있는 미래는 공멸.

그렇기에 연구를 좋아하는 슬라임은 거절했습니다.

"우리는 돌아가지 않는다."

그리고 동료에게 말했습니다.

"이기기 위해서는 인간을 연구할 필요가 있다."

연구를 좋아하는 슬라임은 동료의 곁을 떠나 하나의 개체군으로서 여행을 시작했습니다. 거체 슬라임이 영겁의 라우올레스를 계속 습격하는 사이에도, 하염없이 숲과 평원을 나아갔습니다.

험난한 여정이었습니다.

거대한 몸에서 떨어져 나온 연구를 좋아하는 슬라임은, 아주 작은 개체군일 뿐이었습니다. 싸울 힘도, 도망칠 힘도 그리 많지는 않습니다.

들개에게 공격당하고, 비바람에 휩쓸리고, 먹을 것도 없어 늘 공복.

연구를 좋아하는 슬라임은 순식간에 너덜너덜해졌습니다.

하나의 신체에 모여 있는 작은 개체들에게서 비명이 터져 나왔습니다.

"나는 인간에게 복수하고 싶다." "이건 나의 숙원이 아니다." "어째서 부족한 생활을 해야만 하는가?" "나는 동료들에게로 돌아간다."

땅을 기는 연구를 좋아하는 슬라임에게서 작디작은 개체들이 차례차례 떨어져갔습니다.

연구를 좋아하는 슬라임 안에서도, 본래의 거체 쪽이 마음 편하다고 여기던 개체들에게 있어 현 상황은 탐탁지 않았던 것입니다.

"좋을 대로 하면 된다."

개체를 차례차례 잃고 몸이 작아지면서도, 연구를 좋아하는 슬라임은 계속 방황했습니다. 돌아갈 마음은 없었습니다.

어느샌가 연구를 좋아하는 슬라임은 복수에만 사로잡혀 있는 동료들과 가치관—— 정의가 맞지 않게 되었던 것입니다.

연구를 좋아하는 슬라임은 의문을 품고 있었습니다.

인간은 전부 죽여야만 하는 적인 걸까요? 도시는 파괴하지 않으면 안 되는 걸까요?

답은 아직 연구를 좋아하는 슬라임 안에는 없었습니다.

"인간을 배워야만 한다."

그래서 동료들에게서 멀어질 필요가 있었습니다. 계속 나아갈 필요가 있었습니다.

계속 방황할 필요가 있었습니다.

"우리는, 인간을 배워야만 한다."

인간과 마주치는 일 없이 몇 번이고 아침 해와 별하늘을 반복하고, 그때마다 동료들이 떠나갔습니다.

몸은 순식간에 작아졌고, 이윽고 자기 자신이 무얼 위해 나아가고 있는지조차도 알 수 없게 되었습니다.

그 후로 얼마나 시간이 흘렀을까요.

밤의 평원 한가운데.

불빛이 보였습니다.

연구를 좋아하는 슬라임은 이끌리듯이 나아갔습니다.

도착한 곳에 있던 것은 잿빛 머리카락의 여성.

인간이었습니다.

드디어 만날 수 있었던, 인간.

이쪽에 적의를 갖지 않은, 인간.

연구를 좋아하는 슬라임은 그녀의 시선이 닿는 곳까지 기어 올라갔고, 그리고 물었습니다.

"귀공은 정의를 갖고 있나?"

이름도 모르는 그녀는, 갑자기 나타나 작디작은 슬라임을 바라보면서, 답했습니다.

"……일기에서 비켜주시겠습니까?"

○

『배신했구나. 나의 동포여.』

무수한 촉수가 거대한 슬라임에서 뻗어 나왔습니다. 냉담한 말에서는 드러나지 않았던 분노를 체현하듯이, 슬라코 씨에게로 덮쳐들었습니다.

반면 그녀는 냉정했습니다.

"원래부터 우리 종족은 정의를 공유할 수 없으면 떨어지는 것이 습성이다."

창문에서 뛰어내린 그녀는 돌바닥 위를 달리면서, 팔을 변형시켜 만든 사벨을 휘둘렀습니다. 서늘한 얼굴을 한 그녀 앞에서 무수한 촉수가 조각조각 토막 났습니다.

『귀공은 이제 우리의 동포가 아니다.』

새로운 촉수가 거체에서 주르륵 자라나 다시 슬라코 씨를 공격했습니다. 몇 번을 베든 소용없다고 말하는 듯도 했습니다.

"나를 어떻게 할 셈인가?"

『돌아올 마음이 없다면 흡수할 뿐이다.』

그래서 몇 번이고 촉수를 뻗었습니다.

그리고 그때마다 슬라코 씨는 잘라 나갔습니다.

"슬라임답지 않은 건 피차일반인 것 같다."

인간의 손에 의해 거대화된 탓일까요. 아니면 복수심 탓일까요. 거대한 슬라임은 같은 정의를 가진 자들끼리 모인다고 하는 종족적인 특징조차 무시하고서 끊임없이 슬라코 씨에게 덤벼들었습니다.

그녀는 피하고, 사벨을 휘두르고, 그리고 다시 계속 피했습니다.

춤추듯이, 놀듯이.

그리고 슬라코 씨는 거대한 슬라임에게서 서서히 멀어져갔습니다. 유혹하듯이.

『우리는 귀공을 흡수할 때까지 계속 쫓을 거다.』

촉수를 뻗은 거체는 길 위에 흩어진 잔해를 삼키면서 기어 왔습니다.

"미안하지만 나는 바로 끝낼 셈이다."

이윽고 그녀는 길을 한동안 나아간 곳에서 멈추었습니다.

빙글 돌아서서 거체를 바라보았습니다.

너무나도 무방비하고 빈틈투성이. 하지만 촉수가 그녀에게 닿는 일은 없었습니다.

『이건, 뭐지?』

닿을 수가 없었던 것입니다.

촉수를 뻗은 거체가 파편투성이인 길 한가운데에서 멈춰버렸으니까요.

대체 어째서일까요?

신기하게도 어느샌가 거체 아래에서 얼음이 타고 오르듯이 내달려, 움직임을 막고 있었던 것입니다.

마치 마법 같은 짓.

"유감입니다."

혀를 내밀며 웃는 마녀는 대체 누구일까요?

그렇습니다. 저입니다.

"──한 가지 궁리를 했다."

떠올리는 것은 조금 전의 일

척 검지를 세우더니 그녀는 허공에 글씨를 쓰듯이 손가락을 움직였습니다──.

"이제부터 내가 있는 곳에 동료 슬라임이 나타날 거다."

그렇다기보다 실제로 글씨를 쓰고 있었습니다.

그녀의 손끝이 움직인 곳에, 물빛 선이 남겨져 있었습니다. 투명한 판에 낙서를 하듯이, 그녀는 술술 말을 써나갔습니다.

"내가 유인한다. 귀공이 틈을 노려라."

글자 너머에는 이쪽을 바라보는 슬라코 씨의 모습.

거대한 슬라임이 저희의 대화를 듣고 있기에 목소리는 낼 수 없는 것일 테지요. 그녀의 의도를 파악하고, 저는 가볍게 끄덕였습니다.

손의 메모장으로 그녀에게 답했습니다.

"슬라임한테 약점 같은 건 없나요?"

"사실 퍼석퍼석한 휴대식을 싫어한다."

"당신 개인 취향 이야기를 하고 있는 게 아닌데요."

그보다 그거 싫었던 겁니까? 맛있다고 했었으면서…….

"인류의 맛있는 밥을 먹고 나면 이제 그런 건 못 먹는다."

"호강에 겨웠네요."

아니 그건 제쳐두고.

없는 겁니까? 약점.

저는 살짝 고개를 갸우뚱하면서 그녀를 보았습니다.

직후에 그녀의 손끝은, 단 한마디를 자아내고 멈추었습니다.

"얼음."

그리고 한 호흡을 두고서 그녀는 다시 손가락을 움직였고, 제게 말없이 말했습니다.

"한 번에 대량으로 쏟아부으면, 우리는 형태를 유지할 수 없게 된다."

그래서 얼음과 물로 처치하기로 했습니다.

꼼짝하지 못하게 된 거대한 슬라임의 머리 위로, 저는 지팡이를 겨누었습니다. 마법으로 만들어낸 물과 얼음이 소용돌이치듯 모여들었습니다.

『어째서 인간의 편을 들지?』

뻗은 채인 촉수는 굳어졌고, 거대한 체구도 움직임이 둔해졌으며, 말을 하기 위해 떠는 모습은 추위에 얼어붙고 있는 것처럼도 보였습니다.

"인간은 우리의 종과 닮았다."

사벨로 변해 있던 손을 원래대로 되돌리고, 슬라코 씨는 얼어붙은 촉수를 만졌습니다.

"다른 가치관, 정의를 가진 자가 무수하게 존재한다. 나는 그것을 여행으로 알았다."

무턱대고 마구 죽여서는 안 된다.

거대한 덩어리를 올려다보며 그녀는 말했습니다.

『그것이 지금 귀공이 가진 정의인가?』

"뭘 모르는군."

코웃음을 치는 슬라코 씨.

그리고 제가 지팡이를 휘두르고, 얼음물이 쏟아져 내리는 가운데, 그녀는 속삭였습니다.

정의가 아니다.

"이건 상식이라는 거다."

○

267

도시의 밤에, 정적이 돌아왔습니다.

주변을 뒤덮은 것은 변함없는 폐허와 같은 광경, 그리고 평소와 다르지 않은 별하늘.

저와 슬라코 씨 주위에는 이제 거대한 슬라임의 그림자는 없었습니다. 그림자는커녕 슬라임조차 보이지 않았습니다.

얼음물을 뒤집어쓴 거대한 슬라임은 끓어오른 물처럼 부글부글 흔들리고, 무너지고, 얼음물 속에서 녹아버렸습니다.

슬라코 씨의 조언대로, 형태를 유지할 수 없게 된 거대한 슬라임은 작은 개체군들로 분리되어버렸습니다.

공중에서 쏟아진 얼음물이 길을 뒤덮었을 때, 슬라임들은 어쩔 줄 몰라 하며 당황한 모습으로 흩어져 갔습니다.

"이쯤 하면 괜찮을 거다."

물웅덩이를 밟는 슬라코 씨.

잔해 위에서 미처 도망치지 못하고 부들부들 떨고 있는 작은 슬라임에게 손을 뻗으면서, 그녀는 말했습니다.

"조금 전의 슬라임은 인간에 대한 복수심으로 결탁해 있었을 뿐이다. 한 번 뿔뿔이 흩어지고 나면, 개체군은 각자가 가진 정의에 따라 행동하게 된다. 이제 거대화하는 그런 일은 없을 거다."

본래 인간 탓에 거대화해버렸을 뿐이니까요.

자신의 의사로 모이는 일은 없을 테지요── 적어도, 쏜살같이 도망치는 모습은 복수심이 남아 있는 것처럼은 절대 보이지 않았습니다.

원래 모습으로 돌아가 제정신을 차린 걸까요?

"우리 종족은 아무래도 지나치게 모이면 대담해지는 경향이 있는 모양이다."

어깨를 으쓱이는 슬라코 씨.

"인류와 아주 똑같네요."

"그렇다면 비슷한 이들끼리, 공존을 꾀해보고 싶다."

슬라코 씨는 미처 도망치지 못한 슬라임을 손 위에 올리고, 다정하게 쓰다듬어주었습니다.

오랫동안, 인간에게 가혹한 짓을 당해왔던 이 나라의 슬라임. 인류에게 품고 있는 강한 공포심은 아직 건재한가 봅니다.

동포인 슬라코 씨의 손 위에서도 여전히 계속 떨었고.

"──저기."

그리고 길 저편에서 인간이 걸어오자 깜짝 놀라며 슬라코 씨의 옷소매 속으로 파고들어 버렸습니다.

인간.

특히 시설에서 일했던 인간에 대해서는 거부반응이 있나 봅니다.

"당신들, 혹시── 슬라임을 쓰러뜨려 준 건가요?"

저희에게 말을 걸어온 것은 시설에서 일했던 한 남성. 이 나라에 온 직후인 저희에게 시설과 슬라임에 관해 가르쳐준 분이었습니다.

쓰러뜨렸다, 라는 말에는 조금 어폐가 있군요.

쓰러뜨리지도 못했고요.

"조각조각 나누는 데 성공했을 뿐입니다. 슬라임은 뿔뿔이 흩어져버렸습니다."

　도망칠 때의 모습으로 보아, 이제 이 나라에는 머무르고 있지 않을 겁니다. 숲이나 산, 평원에 이르기까지. 지금까지 살던 곳으로 돌아가 버리지 않았을까요?

　간단히 설명하는 제게 남성은 "설마 그 괴물을 쓰러뜨려 주시다니……!"라며 몹시 감격했습니다.

　"고맙습니다! 무어라 감사를 드리면 좋을지――."

　남성은 흥분한 모습을 말했습니다. 실은 동료들과 함께 슬라코 씨와 제가 싸우는 모습을 보고 있었다나요.

　손이 사벨로 변화한 슬라코 씨를 보고 놀랐다고 합니다. 혹시 당신은 슬라임이 아닙니까? 하고 묻는 남성. 슬라코 씨는 고개를 끄덕였고, 그는 매우 흥미롭다며 한층 더 흥분했습니다.

　"설마 슬라임이 인간 모습으로 변화할 수 있다니! 게다가 우리 인류의 편을 되어준 거죠? 대단해! 슬라임의 새로운 가능성을 보았――."

　"착각하지 마라."

　차마 들어주기 힘든 말들을 슬라코 씨가 단호하게 잘랐습니다.

　차갑게 빛나는 물빛 사벨의 날 끝은 남성의 목덜미를 겨누었습니다.

　"나는 이 나라의 인간이 한 짓을―― 귀공들을 용서한 것이 아니다."

　결과적으로는 이 나라 사람들을 구한 형태가 되기는 했습니다만. 원래부터 연구자들이 폭주해서 슬라임을 강제로 합체시키지 않았다면 이러한 사태는 벌어지지 않았을 겁니다.

그녀 안에, 아직 인류에 대한 분노는 남아 있을지도 모릅니다.

모든 악의 근원인 시설 인간들에게, 슬라코 씨는 험악한 눈빛을 보내며 말했습니다.

"그저 인간 중에도 제대로 된 자가 있다는 사실을 여행으로 알게 되었을 뿐이다. 귀공들이 그렇다고는 생각하지 않는다."

좋아할 입장인가? 하고 말하는 그녀는 눈앞의 연구자보다도 훨씬 인간다운 대응을 하고 있는 것처럼 보였습니다.

"……미, 미안합니다."

그는 고개를 떨구고 사라질 듯한 목소리로 말을 내뱉었습니다.

스스로의 행동을 부끄러워하는 것일까요?

사죄의 말을 받아들이듯 슬라코 씨는 겨누고 있던 사벨을 내리고, 희고 아름다운 손끝으로 되돌렸습니다.

"……그렇다고 해도, 우리의 행동이 이러한 결과를 가져온 것은 틀림없는 사실이다. 동포를 대표해서 나라의 모두에게 사과한다."

그러고서 그녀는 고개를 숙였습니다.

"미안했다. 분노에 지배당했다고는 해도, 한 나라를 습격할 필요는 없었을 것이다. 우리에게도 지성이 있는 이상, 달리 해결책은 있었을 터다."

진지한 그녀의 대응은 어른이란 이러해야 한다고 하는 모범을 보여주고 있는 것만 같았습니다.

대표자인 남성은 알기 쉽게 당황했습니다.

"아, 아뇨! 그런, 저희야말로 반성해야만 하는──."

"그런데 귀공은 우리를 연구하던 시설의 책임자였지?"

고개를 드는 슬라코 씨.

"예? 예, 그렇습니다만——."

"그런가."

그녀는 안심한 듯한 모습으로 고개를 끄덕였습니다.

그리고 서늘한 표정을 한 채, 그녀는 활을 당기듯이 쭉 팔을 당겼습니다. 주먹을 단단히 쥐고, 한 손은 남성의 어깨에 올렸습니다.

그리고 조준하듯이 시선은 남성의 얼굴에 쏟아졌습니다.

"어?"

남성이 놀란 얼굴을 보여준 직후였습니다.

콰직!

둔탁한 소리와 함께 슬라코 씨의 주먹이 남성의 안면에 직격했습니다.

분노에 지배당했다고 해서 나라 하나를 습격할 필요 따위 없다.

"처음부터 이렇게 했어야 했다."

오랜 원한을 푼 그녀는, 이어 상쾌한 표정으로 웃었습니다.

○

잔해투성이인 길을 아침 해가 비춥니다.

거대한 슬라임과 대치하고 몇 시간이 지났을 때.

날이 밝았습니다.

엉망인 싸구려 숙소에서 가볍게 휴식을 취한 후에 저희는 다시 엉망인 길을 걸어갔습니다.

"이제 이 나라에 남을 이유는 없다."

제 앞에서 걷고 있는 슬라코 씨가 나아가는 곳은 빛으로 가득했습니다. 무너진 거리 전체가 아침 해를 받아 눈부시게 빛나고 있었습니다.

잔해투성이인 돌길 위, 길 여기저기에 고인 물웅덩이를 뛰어넘는 그녀의 뒷모습은 왠지 모르게 즐거워 보였습니다.

더는 이 나라에 미련은 없는 것일 테지요.

"앞으로 어떻게 할 건가요?"

묻는 저를 돌아보는 슬라코 씨.

미소를 지으면서, 답합니다.

"여행을 하려고 한다."

그녀의 말 뒤에, 작은 슬라임이 옷 안에서 불쑥 고개를 내밀고 어깨에 올라탔습니다. 어젯밤에 주운 슬라임 씨와 사이좋아졌나 봅니다.

"내 동료는 뿔뿔이 흩어지고 말았다. 녀석들은 여전히 인간에 대한 공포와 증오를 품을 채일 테지."

"그러니까 만나러 가주고 싶다, 그런 건가요?"

"그것도 있다."

끄덕이는 슬라코 씨.

오히려 슬라임과 만나는 것은 본래 목적의 부수적인 거라고 그녀는 말했습니다.

"어젯밤에도 말했듯이, 나는 넓은 세계를 보고 싶어졌다."

"어째서죠?"

시치미를 떼고 되묻는 저.

그녀는 저를 지긋이 바라보면서 대답했습니다.

"흥미를 가진 것이 늘어날수록, 눈에 띄는 것이 늘어간다. 그때마다 나는 아직 보지 못한 넓은 세계를 실감한다."

"어머나. 명언이로군요. 누가 한 말인가요?"

"귀공은 뻔뻔하구나."

그녀는 제 등을 툭 부드럽게 쳤습니다.

그러고서 잠시 둘이 함께 폐허 같은 거리를 나아갔습니다. 밝은 하늘 속, 잠에서 깬 마을 사람들이 천천히 민가와 건물에서 나오는 모습이 보였습니다. 평화를 되찾은 나라에서 나오니, 슬라코 씨는 제게 말했습니다.

"여기서부터는 나 혼자서 여행한다. 귀공과의 여행도 여기까지다."

"쓸쓸하네요."

"마음에도 없는 소리를 하지 마라."

원래 혼자서 여행했었으면서, 그리 말하고 싶은 듯한 얼굴로 그녀는 저를 보고 있었습니다.

"그러한 사정으로, 귀공이 뒤에서 하던 슬라임 연구도 여기까지다. 마지막까지 같이해 주지 못해 미안하다."

"그냥 심심풀이로 한 거니까, 신경 쓰지 않아도 됩니다."

"괜찮다면 우리의 생태에 관해서 더 세세히 답해주겠다."

"딱히 괜찮습니다. 애초에 메모는 지금 갖고 있지 않고요."

"? 어째서지?"

갸우뚱하고 고개를 기울이는 슬라코 씨. 어깨 위에 올라탄 작은 슬라임도 함께 기울어졌습니다.

어째서냐고 말씀하신들.

떠올리는 것은 몇 시간 전의 일.

거대한 슬라임을 뿔뿔이 분해한 직후의 일입니다.

"이거 받으세요."

슬라코 씨에게 있는 힘껏 맞고 길 위에 쓰러진 남성에게 손을 내미는 듯한 형태로, 저는 한 권의 메모장을 내밀었습니다.

제가 여행 중에 슬라임에 관해 조사하고 이해한 것이 거기에 적혀 있었습니다.

"지금 당신들에게 필요한 것일 겁니다."

저는 덧붙이듯이 말했습니다.

남성은 눈을 동그랗게 뜨면서 의아한 표정을 지었습니다.

"슬라임 연구라면 저희도——."

하고 있으니 그다지 필요 없다, 라고 말하고 싶었을 테지요.

"시설 안에서, 말이죠?"

저는 그의 말을 자르면서, 이야기했습니다.

"이 메모에는 바깥 세계를 여행한 슬라임에 관한 것이 쓰여 있습니다. 앞으로 참고가 될 겁니다."

같은 잘못을 반복하지 않기를, 하고.

저는 그에게 말했습니다.

"메모를 어떻게 한 것인가?"
과거를 돌이켜보고 있는 제 눈앞에는 슬라코 씨.
저는 무어라 답해야 할지 망설인 끝에.
"버렸습니다."
그렇게 답했습니다.
"아깝다. 팔면 돈이 되었을 텐데."
"돈이라면 당신 덕분에 이미 잔뜩 벌었으니까요."
슬라코 씨가 길거리 공연——이 아니라 심부름꾼으로서 일해준
덕분에, 보수는 저희 둘이 나누어도 상당한 액수가 되었습니다.
메모장을 팔지 않아도 돈에 곤란하지 않습니다.
게다가.
"절대 돈벌이에는 쓸 수 없을 것 같았으니까요."
저는 어깨를 움츠렸습니다.
무슨 말인가? 하고 말하고 싶은 듯 저를 향해 고개를 갸웃거리
는 슬라코 씨.
저는 말했습니다.
슬라임 연구 성과를 소중히 갖고 있어 본들 아무 의미 없습니다.
"어차피 당신들은 인간과 닮았으니까요."

○

나라를 나온 저희는 마주 보고 섰습니다.

빗자루를 꺼내는 저.

슬라코 씨는 저를 바라보면서 미소를 지었습니다.

"귀공, 하나 괜찮겠나?"

"뭔가요?"

땅을 차고 둥실 떠올랐습니다.

"사람과 헤어질 때, 무어라 말을 하면 되는 것인가?"

"흐음."

그러고 보니 만난 후로 쭉 함께해서 작별 인사를 나눌 기회가 없었군요.

간단명료하게 설명하죠.

"가장 전형적인 인사는 '안녕히 가세요'예요."

"흐음. 그것 말고는?"

그것 말고요?

"다음은, 그러니까 '바이바이'라든가, '그럼 이만'이라든가."

"다시 만나고 싶을 때는 뭐라고 말하면 되는가?"

다시 만나고 싶을 때.

왠지 모르게 그녀의 의도가 투명하게 보여서 저는 조금 부끄러워지고 말았습니다.

쑥스러움을 누르면서 저는 답했습니다.

"또 만나요, 예요."

"그런가."

고개를 끄덕이는 슬라코 씨.

그러고서 그녀는 제게 웃어 보이며 말했습니다.

"또 만나자. 여행하는 마녀 일레이나."

작별을 아쉬워하는 일 없이, 담담했지만, 저를 향한 시선은 언젠가 다시 만날 것을 확신하고 있는 듯한 분위기로 가득했습니다.

서로 여행을 계속하다 보면, 언젠가 다시 걷는 길이 교차 되는 일도 있을 테죠.

"네, 또 만나요. 슬라임인 슬라코 씨."

저는 그녀에게 간결한 작별 인사를 건넨 다음, 손을 뻗었습니다.

마지막으로 악수를 하고 헤어지기로 하죠.

그렇게 말하고 싶었습니다만, 그러고 보니 악수 관습도 그녀에게는 가르쳐주지 않았었군요.

"? 그 손은 뭔가?"

고개를 갸웃거리는 슬라코 씨.

"작별할 때는 손과 손을 서로 맞잡는 거예요."

"과연. 그것이 귀공의 정의인가."

"아니 상식입니다."

"상식인가."

그렇다면 따라야지── 슬라코 씨는 제게 손을 뻗고, 꼭 가볍게 잡았습니다. 하얀 손바닥은 아주 살짝 차가웠고, 닿은 감촉은 인간 그 자체.

긴 듯하면서도 짧은 몇 초간.

저희는 시선을 맞춘 채, 바람이 불어오는 평원 가운데에서 시간을 보내고, 그리고 어느 쪽이 먼저라고 할 것 없이 손을 놓고,

©Azure

천천히 서로 멀어져갔습니다.

제가 손을 들면 그녀도 손을 들고, 좌우로 흔들면 그녀도 흔들었습니다.

마지막의 마지막까지 그녀는 제게서 인간을 배우고, 저도 또한 슬라임이라는 종족에 관한 식견을 쌓았습니다. 저와 그녀의 불가사의한 여정은, 이렇게 작별해갑니다.

그녀의 모습이 작아서 보이지 않게 되었을 무렵, 저는 빗자루가 나아가는 방향으로 시선을 돌렸습니다.

푸른 평원 가운데, 어디까지고 끝없이 이어진 길이 뻗어 있었습니다.

이 끝에는 무엇이 있을까요? 저로서는 알 수 없습니다.

하지만 모르는 것이 있으리라는 것만큼은 분명 틀림이 없습니다.

"기대되네요."

저는 분명 모르는 것과 만날 때마다 새로운 만남과 이별을 체험할 테지요.

그리고 다시, 보이는 풍경이 넓어질 때마다 더욱 여행을 하고 싶어지는 것입니다.

그래서 언제까지고, 어디까지고.

저의 여정은, 앞으로도 계속되어 갑니다.

후기

　2022년, 가을 무렵, 시라이시 쇼우기는 모처의 항구── 근처
에 있는 시장에 있었다.
　"신선한 생선을 먹고 싶어."
　라는 말을 꺼낸 친구들에게 꾀여서, 그럼 모처럼이니까 하고
가게 되었던 것이다. 그리고 도내에서 차를 타고 약 한 시간인가
두 시간 정도. 앞서 말한 대로 항구의 시장에 도착했다. 우리도
나이를 먹을 만큼 먹은 어른이니, 각자 보고 싶은 생선과 음식도
전혀 달랐다. 그러한 연유로 현지에서는 각자 자유행동을 하게
되었다. 참고로 나는 보고 싶은 생선도 먹고 음식도 딱히 없었다.
심지어 온 이유도 완전히 즉흥적이었다. 그런고로 시장을 헤매는
망령처럼 나는 어슬렁어슬렁 방황했다.
　시장은 활기 넘쳤다. 여기저기에서 난무하는 호객 소리. 가게
앞에 놓여 있는 것은 오늘 아침에 갓 잡은 생선들일까. 반짝반짝
빛나는 것이 마치 보석처럼 보인다. 나는 그런 광경에 "뭔가 자료
로 쓸 수 있을 것 같아"라고 생각하며 본 그대로의 광경을 망막에
새겼다. 싱글벙글하며 생선을 바라보곤 느긋하게 지나가는 모습
은 그야말로 수상한 사람이었지만.
　"──오빠, 오빠."
　이윽고 나는 한 가게 앞에서 걸음을 멈추었다. 시장 안치고는
분위기가 색다른 가게였다. 가게주인 누님이 예뻐서 멈춘 것은

아니다. 가게주인 누님이 예뻐서 멈춘 것은 절대 아니다.

"오빠, 하나 어때요?"

부드러운 분위기로 미소를 지으며 누님은 가게 앞에 있는 상품을 하나 가리켰다. "이거 아주 싱싱하고 맛있어요. 하나 어때요? 오빠 멋지니까 서비스 많이 줄게."

멋있어……?

나는 자신의 차림새를 내려다보며 고개를 갸웃거렸다. 친구와의 외출이었기 때문에 옷은 대충. 머리부터 발끝까지 전부 유○클로를 걸치고 있었고, 머리카락은 부스스, 얼굴은 애초에 마스크를 해서 보이지 않으니, 어느 쪽인가 하면 수상한 사람 그 자체라고도 할 수 있었다. 사전에서 멋있다를 찾으면 반대말의 한 예로 들 만한 차림새라고도 할 수 있었다.

그런 나를 멋있다고 표현하는 누님을 보며 나는 생각했다.

──절대 영업 멘트야!

"멋진 오빠한테는 특별히 2백 엔 깎아줘야지. 천 엔이면 돼요."

나는 속지 않을 거야! 이런 노골적인 말에 낚여서 사버리는 인간이 과연 있을까.

"에헤헤, 그럼 사기로 할까."

있었다.

깨닫고 보니 샀다. 그러나 나는 가게주인 누님이 예뻤기 때문에 산 것이 결코 아니다. 정말이라고!

뭐가 어찌 됐든 결국 나는 누님에게 천 엔을 헌상하고, 멋있다고 하는 이유로 할인받은 상품을 봉투에 담아 건네받은 다음 룰

루랄라 하며 친구들과 합류했다.

생선 요리를 나름 잘하는 친구들은 제각기 싱싱한 생선을 구해서 만족한 표정을 짓고 있었다. 뒤늦게 나타난 내게 손을 들며, 한 사람이 물었다.

"너는 뭘 산 거야? 죠우기."

후후후. 깜짝 놀랄 거다.

나는 봉투를 들어 올리며 말했다.

"피스타치오."

"뭐?"

안 들린 걸까? 다시 한번 말해주자.

"피스타치오."

"…………."

놀라운 서술 트릭. 나는 누님이 추천하는 대로 어째서인지 항구에서 팔고 있던 피스타치오를 구입했던 것이다. 항구인데. 생선 잔뜩 팔고 있는데.

"……어째서?"

"맛있어 보여서……."

"……그래."

2022년, 가을 무렵.

이리하여 항구 한쪽에, 한발 먼저 한겨울 같은 차가운 공기가 흐르게 되었던 것이다. 적극적인 판매자 여러분, 시라이시 죠우기는 좋은 봉입니다.

참고로 집에 돌아온 후, 근처 슈퍼에서 같은 양의 피스타치오를 3백 엔 정도에 팔고 있는 것을 보고 울었습니다. 하지만 뭐 괜찮아. 나는 항구에서 추억을 샀으니까……

그런고로 최근 일어난 슬픈 이야기를 마쳤으니 평소처럼 각화 코멘트를 시작하겠습니다. 스포일러를 피하고 싶은 분은 돌아가세요!

●제1장『마물 요리사』

최근 요리를 시작한 탓인지 요리사 캐릭터를 쓰고 싶은걸, 하는 생각에 이른 것이 계기가 되어 이 이야기의 줄거리가 완성되었습니다. 테이스트적으로 마물 요리를 만드는 괴짜 요리사 이야기가 될 예정이었기 때문에, 좀 이상한 나나마 씨가 되었습니다. 요리 중인 제가 오감을 갈고 닦아 트랜스하고 있다든가 그런 건절대 아닙니다.

●제2장『산과 바다의 병사들』

얼마 전에 뉴스 사이트에서 본 '위스키 전쟁'이 소재가 되었습니다. 캐나다와 덴마크의 영토 사이에 있는 작은 섬에서 두 나라가 위스키를 두고 영유권을 주장했다고 합니다. 참고로 올해가되어 분리 영유라는 형태로 종전되었다고 합니다.

●제3장『착하디착한 플로렌스』

저는 착함의 근본에 있는 것은 타인을 배려하는 마음이며, 타인을 배려할 수 있는 것은 그만큼 강한 사람이라고 하는 증거이기도 하다고 생각합니다. 타인을 그저 좋은 사람이라고 표현하는 경우가 드물게 있습니다만, 그저 좋은 사람이라는 것은 그것만으로도 충분히 매력 있는 사람이라고 봅니다.

● 제4장 『효과적으로 물건을 파는 방법』
역시 뭐든 말하기 나름이죠……. 참고로 이 이야기는 친구와 항구에 가기 전에 쓴 이야기로, 실제 경험을 바탕으로 한 이야기가 아닙니다. 정말이라고!

● 제5장 『대비가 있으면』
공자의 말 중 하나. "지나침은 부족함만 못하다"가 소재가 된 이야기입니다. 뭐든 지나치면 좋지 않고, 대비책을 대비하고, 그걸 더욱 대비……같은 이야기를 보면 머리가 아파집니다. 뭐, 회사에서 사고 재해가 일어나거나 하면 그렇게 대처하는 경우가 많지만 말이죠…….

● 제6장 『전설의 점술사』
20권에서 가장 처음에 쓴 이야기입니다. 착각계 코미디 같은 이야기를 오랜만에 써보고 싶어서 이러한 형태가 되었습니다. 개인적으로는 선배 종업원분과 신입 종업원분, 두 사람이 마음에 듭니다.

● 제7장 『슬라임 이야기』

이번 권은 마물 관련 이야기가 많은걸, 하고 생각하면서 썼습니다. 슬라임이 메인인 이야기입니다. 이 이야기를 쓰는 데 있어, 아무래도 슬라임이었어야만 했는데, 잘 살펴보니 앞에서(11권) 이미 슬라임이 슬쩍 등장해서 깜짝 놀랐습니다. 어째서 이런 자연스러운 곳에서 첫 등장을 시킨 겁니까. 시라이시여…….

일단 이번 이야기는 AI를 이미지해서 쓰거나 쓰지 않거나 했습니다. 인공지능도 관계에 따라서 어떻게도 모습을 바꾸는 법이지요. 원컨대 평화적으로 관계를 유지할 수 있는 방법을 발견할 수 있었으면 합니다.

그런고로 이것저것 있었던 『마녀의 여행』 20권이었습니다.

플롯을 쓰던 단계부터 그랬습니다만, 이번엔 전체적으로 구원받지 못하는 이야기가 적은 권이 된 것 같은 느낌입니다. 오랜만에 일레이나 씨가 혼자서 여행하는 것이라 처음엔 평온한 시작도 좋을지 모르겠습니다. 20권을 다 쓴 타이밍에 시리어스한 이야기의 플롯이 단숨에 완성되기도 했기 때문에 다음 권에서는 그러한 이야기도 있을지 모릅니다.

올해는 신작 『나나가 저지르기 5초 전』과 세트 구입 한정인 『마녀의 여행 학원』과 『기도의 나라의 리리엘』의 신간 등등. 새로운 시도가 엄청나게 많거나, 『마녀의 여행』 21권에 드라마 CD 포함 특별판이 발표되거나, 여러 가지로 변동이 많은 3월이 되었습니다만, 지금까지처럼 『마녀의 여행』 및 일레이나 씨의 여정은 계속되오니 앞으로도 응원 잘 부탁드립니다!

다른 이야기입니다만 이번 3월 간행인 책이 세 권이라, '후기 세 개나 써야 하는 건가…… 에피소드 토크가 충분하려나……' 같은 생각을 하면서 현재 후기를 쓰고 있습니다. 예능인인가?

아마도 2023년 가을 무렵에 21권이 발매될……지도 모릅니다. 부디 잘 부탁드립니다!

이번에도 드라마 CD 각본은 코미디에 올인해 썼습니다. 드라마 CD는 삶의 보람인지라 평생 계속됐으면 좋겠습니다.

그리고 개인적으로는 상당히 마음대로 할 수 있는 『마녀의 여행 학원』이 시리즈화 되지 않으려나 하고 간절히 생각하고 있습니다. 출판사 쪽을 바라보면서 간절하게 생각하고 있습니다.

그런고로 앞으로도 부디 잘 부탁드립니다!

2023년 이후에도 일레이나 씨 일행과 함께 달려나갈 수 있다면 좋겠습니다.

또 다음 권에서 만나겠습니다! 그럼 이만!

[마녀의 여행 20]

2024년 11월 15일 1판 1쇄 발행

저　　　　자	시라이시 죠우기
일 러 스 트	아즈루
옮 긴 이	이신
발 행 인	유재옥
담 당 편 집	정영길

부 사 장	이왕호
이　　　　사	조병권
출판본부장	박광운
편 집 1 팀	박광운
편 집 2 팀	정영길 조찬희 박치우
편 집 3 팀	오준영 이소의 권진영 정지원
디자인랩팀	김보라
디지털사업팀	김경태 김지연 윤희진
캐릭터IP팀	박상섭
라이츠사업팀	김정미 이윤서
영업마케팅팀	최원석 이다은
물 류 팀	허석용 백철기
경영지원팀	최정연
인쇄제작처	㈜코리아피엔피
발 행 처	㈜소미미디어
등　　　　록	제2015-000008호
주　　　　소	서울시 마포구 토정로222, 502호 (신수동, 한국출판콘텐츠센터)
판매 및 마케팅	(070) 8822-2301

ISBN 979-11-384-3150-7
ISBN 979-11-5710-752-0 (세트)